Plenos Pecados

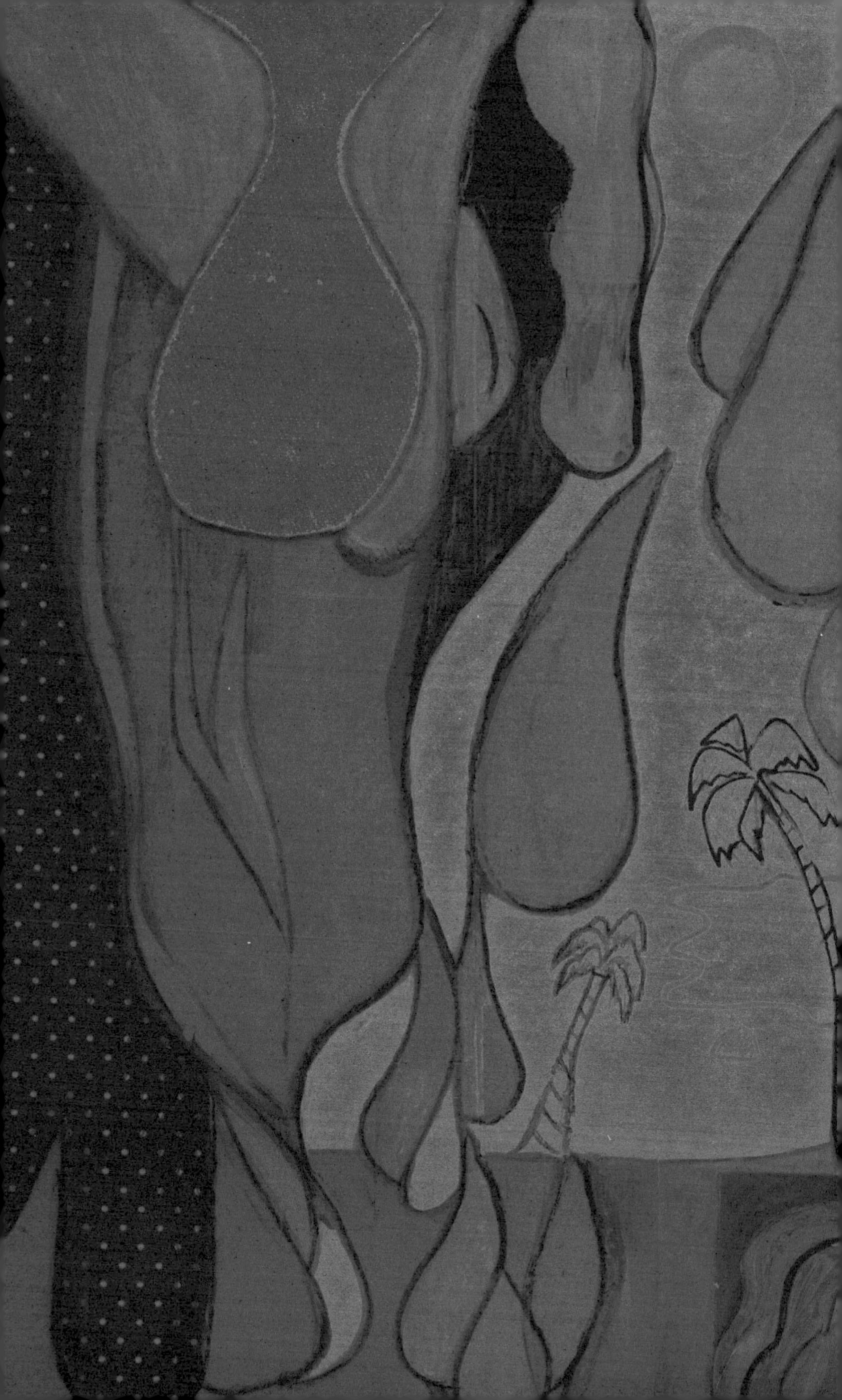

João Gilberto Noll

Canoas e Marolas

IMAGEM LEDA CATUNDA

Todos os direitos desta edição reservados à
Editora Objetiva Ltda.,
rua Cosme Velho, 103
Rio de Janeiro - RJ - CEP 22241-090
Tel.: (21) 556-7824
Fax: (21) 556-3322
Internet: http: // www.objetiva.com

Capa e projeto gráfico
Victor Burton

Ilustração da capa
"Preguiça", de Leda Catunda

Coordenação editorial
Isa Pessôa

Revisão
Izabel Cristina Aleixo
Renato Bittencourt

Editoração Eletrônica
Abreu's System Ltda.

N793c
Noll, João Gilberto, 1946 –
Canoas e marolas / João Gilberto Noll. – Rio de Janeiro: Objetiva, 1999 (Plenos pecados - Preguiça)

105 p. ISBN 85-7302-262-0

1. Literatura brasileira – Romance. I. Título. II Série

CDD B869.3

para
Adriana e João Biehl,
José Carlos Schultz
e Lícia Perez

Um céu alaranjado de final de tarde, um sorriso manso, em tudo a costura de uma astúcia vaga, sim, este calor que me faz abrir a camisa e olhar em volta, largamente, antes de entrar.

Eu chegara à ilha no dia anterior.

E agora encontrava a casa. Peguei a chave que me fora dada na estação. Preferia não acender curiosidade sobre mim. Rodei devagarinho na fechadura, no peito a suspeita de que eu podia ser ainda mais silencioso.

Quando pequeno me chamavam de Pacífico, quase ficou meu nome.

Não esperei muito dentro da casa. Fui ao centro da cidade. Entrevi o velho gigolô de Betina saindo furtivo de um boteco. Seu lampeiro, resmunguei baixinho. E quem era Betina? Seu gigolô tinha realmente muitos anos de serviço?

Acho que já falei mas repito: era o entardecer de um dia de sol, algumas aves pousavam nos fios na frente do bar. Eu queria ter sido outra pessoa no passado, agora está bem, falei para um vizinho de mesa. Como as pessoas se descabelavam, falei então para ele. Como tudo se espantava e nada reagia, disse e disse e pouco pensei enquanto dizia. Estouvado, ele respondeu. Quem?, perguntei. O seu Oscar, sócio de Edgar. Ah, murmurei. Ah...! Os pássaros dos fios lançaram-se numa revoada diziam que para um dormitório de aves, em outra ilha.

Um cego pedia na esquina. O mormaço se esvaía. Um vento esquisito, parecia que de chuva, se insinuava na saia de alguma dama, no topete de um amigo irreal, guardado nas trevosas memórias. O vento, ah, o vento, sempre o vento na mente buliçosa.

Eu estava naquela cidade por um motivo especial.

Era uma ilha e, dentro, no seu interior, corria um rio caudaloso, encorpado, escuro ali, claro acolá, e os pés da gente, quando ficavam imersos nele, eram surpreendidos por cardumes alaranjados mudando abruptos o rumo, para evitar o choque com aqueles imensos pedaços de um corpo estrangeiro nas águas.

Eu agora tomava uma cerveja na rua mais movimentada e já estava quase escuro. Eu era um senhor levemente barrigudo, mas tudo se tratava de uma fogosa brincadeira porque eu podia ser uma criança caçadora folgazã vulnerável e fortaleza ao mesmo tempo, como uma boa criança. Queria chegar aos pés daquele desconhecido que tomava sua cerveja na mesa vizinha e confessar que eu estava em queda livre na pobreza. Ora, quem não estava, ele diria. Mas não adiantava falar, todos os que viviam ali praticavam uma inércia que o rio vinha abençoar. Eu poderia fazer sinais de que a partir daquela data estava mudo, que agora sabia apenas ver enxergar olhar, como queiram. Aquele homem do meu lado era um homem qualquer, e o canastrão que me aflorava fingia impaciência por ele não ser um sujeito especial para mim, vamos dizer: o melhor amigo, algo assim, ou quem sabe o contrário, alguém que pudesse me odiar como os verdadeiros inimigos o fazem. Eu poderia ficar ao lado dele para sempre, assobiando meus resmungos delirantes, como numa canção desesperada e, no bojo de tudo, aproveitar para pensar: o que eu estava fazendo na ilha?

Aquele homem deveria ser um pescador: de pérolas, de almas, de conchas, de peixes. Aquele homem poderia ser absolutamente inválido para o diálogo, não me importaria, arrancaria uma palavra dele a muque, faria com isso uma história de intrépidos cavaleiros de outras eras mais minerais.

Enfim, o que eu estava fazendo naquela ilha, hein? À noite eu dormira, me lembro, ao relento à beira do rio com um garoto mudo que vivia pelas ruas. Só descobri que era mudo no dia seguinte, ao acordar.

Ao anoitecer eu estava passando pela estrada dos coqueiros e ele sorriu. Tomamos uma cerveja num quiosque por ali. Depois ele me levou para trás do quiosque, na beira do rio, e mostrou um acolchoado escuro onde costumava dormir. Deitamo-nos. Não me passava pela cabeça que estava deitado com um rapaz mudo. No dia seguinte, como já contei, sim, não que ele fizesse muitos gestos, expressões faciais; ele emitia alguns sons pela boca morna e morena, eu entendia tudo o que dizia nesses sons, embora nada daquilo precisasse provocar congestão no pensamento, não havia mensagem alguma que pudesse verdadeiramente nos interessar enquanto permanecêssemos ali deitados lado a lado. E o rio crespo por um ventinho, o azul do céu, a luz que me fazia ver o garoto como descendente de um índio, a pele azeitonada, o braço estendido sobre o acolchoado roxo, aquela falta do que dizer, o lento gemido interno, um breve desassossego, a calma, o novo sono.

Eu poderia voltar ali todas as noites, não estivesse naquela cidade para conhecer minha filha, mulher feita que nunca me vira antes. E que morava na ilha. Uma estudante de medicina. Filha de uma enfermeira com quem, parece, tive uns encontros logo depois que a conheci, internado num hospital, por atropelamento. Meus ossos bem quebrados. Ela era uma bela enfermeira, filha de húngaros. Na primeira vez que a vi, pensei em ficar bom logo. Não que eu estivesse tão prontamente apaixonado, mas pensei: com essa mulher será benfazejo conservar o calado instante em que ela troca minhas faixas. No dia em que tive alta, perguntei seu nome: Marta, e para a filha também deu o mesmo: Marta, esta garota filha minha que agora vim conhecer.

Por enquanto estou aqui ao lado do garoto mudo com cara de índio deitado à beira do rio. E se esse guri também for surdo, sem música, que barbaridade!, e sacudi a cabeça como se ouvisse dele algo impagável. Era um dia fresco desses em que você não precisa vestir muito, sente apenas a penugem do braço se eletrificar um pouco na aragem, mas não é bem frio, é quase um ar levitando acima do bem e do mal.

Eu me achava agora com aquele garoto sobre o capim à beira do rio, ele não sei se podia ouvir mas eu ouvia sim o farfalhar das árvores sobre nós, os pássaros, um carro e outro passando na estrada no outro lado do quiosque. Mas nessa hora da manhã vinha um silêncio das vizinhanças.

Mais tarde iria conhecer a filha de Marta e de mim mesmo, ela também, Marta, estudante de medicina que num futuro quem sabe tiraria minha pressão arterial e agrandaria os olhos de preocupada com minha saúde; ou nada disso, diria que eu estava bem, precisando apenas de uma dieta simples, banal.

Essa ilha é assim mesmo, como tantas e tantas, cercada da esmeralda do mar. No centro da ilha, o rio, que agora miro ao lado do garoto com pinta de índio. Dizem meus diabinhos que foi uma criança abandonada, viveu em orfanatos e hoje está aqui, morando debaixo da copa dessa árvore, a dormir agora como uma espécie em extinção.

Sou dos que não têm mais tempo pela frente para pensar em Deus, falei sem a menor esperança de que o garoto ouvisse, pois além do sono onde parecia metido, deveria ser surdo além de mudo.

Não, não podia encobrir que ia conhecer minha filha logo mais, um dia, em breve. Não podia esquecer isso: eu tivera um passado onde tinha gerado uma criança com uma mulher que eu não sabia ao certo se ainda vivia — aliás, sabia ao certo poucas coisas, quase nada: precisava então sentar, olhar o fio de minha vida, adicionar isto a isto, não esmorecer até reconstituir o dia em que gerara a jovem que estava a ponto de conhecer. Conseguiria tal proeza?

Havia uma roda-gigante no outro lado do rio, parada porque era de manhã cedo. Queria despertar inteiro e sair andando pela rua, pois precisava manter de pé a minha disposição, não deixar cair a peteca, precisava manter o tal fio, a linha, pois tinha uma filha a quem mostrar minha história talvez assim como se mostra pelo cangote a um cachorro a inconveniência de seus dejetos, assim eu deveria mostrar a minha história que poderia não ser limpinha cheirosinha e tal mas era um pouco também a sua e que não recuasse, não, antes de recusar ou aderir. Ela precisaria sim ouvir a voz do pai, desse entendimento mais destilado sobre o que há de vir, entende? Minha pequena, meu doce de coco, minha princesinha presunçosa como o quê.

Certo, eu poderia ter sido um cara melhor, reconheço, poderia ter deixado para a minha filha o sentimento antepassado, uma ou outra cena exemplar mas não, sofri de uma espécie de calmaria, e nela fui me esquecendo esquecendo, até atingir uma flutuação esbranquiçada, carente de volumes encontros situações.

Mas agora queria dar uma imagem precisa à minha filha, Marta, um gesto claro, retilíneo, aberto, sedutor. Queria atrair minha filha, vê-la orgulhosa do homem que a gerara, vê-la contente por conhecer uma corrente de sua origem, eu, um homem de meia-idade, a sós com ela para protegê-la das últimas vicissitudes antes que entre na madureza, numa possivelmente confiável autonomia.

Talvez eu preferisse não precisar de mais nada, nem da existência de minha filha, não, já era tarde para não querer, eu tinha sim gerado uma filha com uma mulher de nome Marta, e eu precisaria refazê-la dentro de mim e com ela todo um passado ainda latejante quando viesse a tocar nas suas mãos desconhecidas, nas próximas horas, aqui nessa ilha, para onde eu acorrera cheio de uma urgência tosca e desajeitada.

Precisava fazer alguma coisa que me afastasse da inércia de estar ali estendido sobre o capim ralo com o garoto — eu já descansara tudo, era um outro homem, decidido, à procura de um trabalho, de uma rotina minimamente exigente. Precisava arrumar um jeito de pagar algumas coisas para minha filha, sei lá, alguns semestres de estudos, uma viagem, um desperdício. Eu só a aceitaria com convicção se ela necessitasse em algum momento de mim. O garoto mexeu-se a meu lado. Ele ressonava: tinha o hálito forte, quase ruim. Como era possível estar tão próximo daquele hálito descabido. Como era possível estar tão próximo daquela matéria embrutecida, que talvez pouco se lavasse, cheia de micróbios e rancores.

Eu encontrava, eu acho, o tom das coisas, mas era como se esse tom só pudesse se explanar calando-se.

Eu precisava de um único reconhecimento: que a jovem que eu conheceria dali a algumas horas viesse e falasse: pai, não volto tarde. Ficaria a noite inteira esperando-a; embora não fosse ainda um cara no vestíbulo da velhice, queria experimentar a dor espiralada dessa espera por alguém que na madrugada poderia precisar da minha sensatez.

Fiz menção involuntária de um abraço no garoto, eu não podia acreditar que vivesse em abandono pelas ruas, que não tomasse banho, não mudasse de roupa, não soubesse ajuizar sobre seu próprio corpo. E até onde ele queria o meu? Talvez ele fosse uma pura ignorância sobre sua necessidade ou não de outro corpo.

Sentei-me, olhei a suave superfície do rio. Ouvi um sino distante, quem sabe um domingo. O garoto dormia. Poucas nuvens no céu. Uma esperança cantava perto das águas, talvez o menino não conseguisse escutar uma esperança cantando.

A bruma da manhã quase se escondia, e o menino estava ali parecia que abraçado a um corpo imaginário que talvez fosse o meu. Passou atrás o ruído de um caminhão. Era uma ilha: ultrapassando a outra margem do rio, além da faixa de mata, o mar. Eu tinha uma filha que encontraria à tarde, quem sabe, ou no dia seguinte, no terceiro, ou nunca.

Estava na ilha àquela hora da manhã ao lado de um garoto mudo que dormia a sono solto num dia de sol. Levantei-me, dei alguns passos, molhei meus pés nas águas. Lá no fundo um pescador abria sua rede, as árvores chiavam de brisa e eu disse a mim mesmo: não é preciso mais nada, aqui terei paz com o quase nada que não tenho. Talvez o garoto que dormia pudesse me ensinar como conseguia ser assim tão sem recursos debaixo apenas do céu. Eu não queria muito mais, eu não queria nada. Eu queria ficar ali, ver minha filha em breve. Isso era pouco? Isso era nada? Isso era tudo que eu queria, ah se eu pudesse. Eu ia agora abandonar o garoto, iria para a casa que me fora destinada, ou seja lá o que fosse aquilo que não casa, aquilo cuja chave tinham me dado na estação.

Avançaria, sim, como se ouvisse a voz roufenha vinda do interior daquele tronco ali apodrecido, oco, dizer vai, não importa se você não sabe mais há quantos dias está na ilha; mesmo que seu passado mais recente tenha se aguado tão cedo e você se sinta indolente para averiguar com precisão a conta de seu tempo aqui, há quantas noites, dias com o menino mudo, não importa, vai, recomeça do zero, entra na casa mais uma vez, espera lá dentro, que ninguém sabe muito bem quando sua filha aparecerá.

Ela é muito ocupada, passa noites no hospital onde faz residência, cuida de criaturas terminais com um método novo chamado Ablação da Mente. Um método relativamente simples que consistia em levar o doente até o outro lado como se o terapeuta estivesse transportando o agonizante a um novo paraíso, paraíso criado não por profetas mas por humanos como a gente, sem ostentar, portanto, pompas transcendentais.

O terapeuta tinha que fazer com que o enfermo voltasse a acreditar no poder da luz, isso, no poder divinatório da luz que está sim no outro lado da vida, pois a luz permanece além ou aquém das trincheiras genitais que nos procriaram e depois nos iludiram em seus cárceres desejantes, sim, a luz permanece lá, aquém ou além, não importa, pois são conceitos que vão dar no mesmíssimo lugar, fora dos pontos limites de uma extensão de vida, espaço inconcebível talvez para quem ainda se encarcera em anos; lá então, nesse espaço, começa a reinar a festa de luz, tão soberba que a duração aí se rende como se gozasse, deixando que a exaltação da luz se coagule e poreje sua independência em nós.

Eu estava ali à beira do rio, atrás o garoto resmungando sua semântica ensandecida. Fechei os olhos e me vi retornando para minha velha casa, lá atrás da curva do penhasco, e ao chegar enfiei a cabeça entre os braços cruzados sobre a mesa, a esperar o crepitar do celofane desvelando um presente esperado, o guia das horas, um manual que ensina como preencher os minutos sem se aborrecer, com coisas que nos tiram da atualidade para nos levar a um audacioso nomadismo destruidor de qualquer rastro paradeiro fixação ao solo e outras coisas mais. Quando o celofane se abrisse inteiramente, eu, quem sabe, explodisse uma gargalhada e com isso me rejubilasse pelo menos com a tarde redonda, sem transbordamentos, sereníssima; ah, e então correria para sentar na pedra da subida do penhasco, onde me poria a ler o guia das horas — e quando acordasse da leitura com certeza não estaria mais ali nem em outro lugar mas já seria um puro ponto informe, não importa onde, a ejacular sua derradeira gargalhada.

Ai!, mas já não sei quem fala quem pensa quem cala, se algum misterioso impostor me domina e exerce por mim essas funções. E teria eu força vontade poder para deslindar esse veneno?

É... venho e volto, volto e venho, com certeza a ociosidade me infectou de mim. É... fora desse círculo estagnado eu tinha pouca chance de me impregnar de algum contato até saber reconhecê-lo logo mais, ali. Por isso o melhor mesmo era me cansar, inteiro, ó sim, me canso, me canso das palavras que soterram, paralisam, tiram o ar. É... caio desvalido na areia grossa, volto para a senzala do sono, aqui onde já não sei relatar pois que me desfaço, até que o dia me dê novamente algum sinal.

E alguém me ouve?, foram as últimas palavras pronunciadas antes de eu retornar do sono doentio, de hálito pestilento, os olhos lacrimejados por uma vaga poeira que com certeza não vinha dali...

Tudo o que me acontecia agora vinha do fato de eu não querer admitir a vontade de desistir da filha, do garoto, da ilha. E tudo ia assim para despistar minha inapetência agora aguda: para mim, cada instante, ao invés de se costurar a outro na cadência dos fatos, me ancorava ainda mais numa clareira raspada, me atrasava, a ponto de eu perder a memória de como prosseguir. Nessa clareira aquele cachorro vira-lata ali com sua perna estragada e tudo podia comer o que sua mente arquitetara aqui. Era mais ou menos isso que dizia o método da Ablação da Mente para os moribundos: tenham fé num paraíso novamente, não o paraíso celeste das velhas religiões, mas um com o mesmo tecido genético da gente, é, uma região ainda indefinível, no entanto sob o abrigo de um fenômeno físico comprovado, este da coagulação da luz. Se um vivo pudesse olhar justo essa passagem de um estado a outro, ele não teria forças para se adiar, e se precipitaria enfim ao encontro desse clarão em ferida.

Peixes andavam em grupos sob as águas e atrás o garoto solfejava ruídos quase agradáveis. Olhei para o pulso quase perfurando com os olhos o relógio e pouco vi das manchas que deveriam ser os números. Sons de uns cascos de cavalo pareciam anunciar um cortejo. Fui para a frente do quiosque e vi a rua. Um *outdoor* exibia um sorriso impecável. Nada ilustrava mais a manhã do que aquele sorriso morto. Não sei, talvez porque eu estivesse à procura da garota que se dizia minha filha e que trabalhava na preparação para a melhor das mortes. Aliás, naquele momento já não sabia mais se iria mesmo ao encontro dela ou ficaria enfim por ali com o garoto à beira do rio, tentando alguns expedientes para nosso sustento, pequenos furtos talvez; por enquanto não, por enquanto ainda tinha algum dinheiro, e esse seria usado entre aquelas matilhas de vira-latas que viviam por ali; jogaria um osso ou outro às vezes e eles me protegeriam quando fosse necessário me defender: então eu gritaria pega esfola fere mata come até!

Meus cães fariam isso por mim ao menor grito, em troca lhes daria osso, pelanca, gordura que sobrasse de alguma pobre refeição.

Claro, seria covardia esquecer nessas alturas o encontro com minha filha naquela casa onde até agora pouco ficara, se bem estava lembrado, se não me confundia.

E depois, tinha uma ponta de ansiedade por conhecer melhor a ilha além daquele rio por onde o garoto parecia se eternizar. Mirei-o dormindo sobre a relva rarefeita das bordas do rio e senti que havia entre nós essa vibração de ocaso, um infinito desejo de esquecer as leis do tempo, esquecer não, se adiantar, pagar nosso tributo de uma vez, eu e ele ali naquele silêncio à beira do rio, sem remorso a gastar, apenas com nossa parca força, força de quem come mal, pouco se cuida, somente naquilo que faz com que a vida prossiga; o próprio desânimo poderia entrar agora como um combustível, supurado, certo, mas matéria orgânica desprendendo calor, algum ofício, aí então nos entregaríamos para arder na fogueira que já nos chamuscava, eu e o menino no fim do ciclo evanescente — neste ponto sim, já consumidos, teríamos tudo o que o atraso produzira, a ilha agora uma nave no mais decantado espaço, quimera em desabrigo, em meio a isso ouvi a conversa de dois rapazes que passavam, na certa ilhéus, pescadores, um dizia que ia à desforra, o outro pegando no braço do companheiro retrucava que ele não, ele não mexia com a cara de ninguém, o outro falava irado que tinham abusado da expressão dele e que portanto ia à desforra — pareciam dois nativos dramatizando um mal praticado por algum intruso, alguém que não entoava aquele canto ao falar, o linguajar típico da ilha, pronúncia difícil de imitar; não se sabia bem onde estava a diferença daquela fala, se na própria emissão, na maneira de vocalizar as palavras, se na maneira de calar.

Diziam que havia um trigo maduro lá atrás da serra, maduro mas rareado pela medonha crise de produção. E se eu pudesse fazer qualquer relação entre este trigo esbelto e escasseado e o garoto que dormia ali comigo eu não faria, ficaria mudo como o garoto, pois eu precisava me manter à margem dos fios invisíveis que iam armando perigosamente o circuito das coisas lá para além da ilha, lá de onde eu viera; e eu seria feliz, bem sei, se pudesse ter um pouco do silêncio que me gerara no princípio que esqueci.

Sentei-me. Afundei os pés na areia quase morna. Eu podia não ter nascido, contei para umas partículas incolores que me absorviam os olhos. Contava minha mãe que meu pai tivera um derrame quando eu ainda estava na barriga. Ficou uns tempos imóvel sobre a cama, vindo a morrer nas vésperas do meu nascimento. Dizia que eu era a pessoa mais impressionantemente parecida com o meu pai que ela conhecera. Quando pequeno costumava me olhar ao espelho para adivinhar meu pai. Sentia uma espécie de saudade de mim, a mesma saudade que costumava sentir nas tardes de domingo ao ouvir sem querer algum rádio nas redondezas transmitindo uma partida de futebol. Meu pai fora radialista, locutor esportivo, minha mãe tinha gravadas algumas transmissões importantes, até internacionais, na voz de meu pai. Quando escutava em algum rádio das imediações fiapos de algum jogo, sentia essa tal saudade de mim como se eu fosse meu próprio pai encoberto naquela voz possante que com o tempo ia ficando quase a improvável voz de ninguém.

Naqueles idos da infância, eu era um menino magro, pálido, já indeciso entre o tudo e o nada. Naqueles idos da infância, eu cantava em aniversários, batizados, casamentos. Numa véspera de Natal, olhei para o balanço do quintal, num manso movimento por um ligeiro pé-de-vento de fim de tarde, e prometi ser cantor de carreira. Subir até o coro da igreja, no caminho pela escadaria pressentir pássaros debatendo-se no oco da torre entre os sinos, ver os noivos lá embaixo diante do altar trocando as alianças; eu começando a entoar o hino "Mestres do idílio".

Na véspera dos Natais, coisas assim aconteciam, querem ver?:

"Oh, minha querida, estás de passagem pelo campo!" A heroína falava isso à sua amiga de Londres.

Explico: li esse livro de minha mãe na véspera do Natal daquele ano impreciso em que resolvi ser cantor.

Eu lia a cada véspera de Natal um livro novo.

Deitava-me de barriga para cima como o garoto ali perto dormia agora no capinzal à beira do rio. E lia. Lia em toda a véspera de Natal o livro que um admirador distante de minha mãe, segundo me contava, enviava-lhe todos os Natais; no daquele ano eu lia este que se passava nos frios campos ingleses, enquanto o calor aqui da terra ardia na relva.

Cantei uma canção baixinho para não acordar o garoto à beira do rio, uma canção lembrando de um templo que se consumia de beleza a cada liturgia, estava cada vez mais transparente, mais sem viço. Acho que o menino absorveu meu canto, pôs-se a falar como se não fosse mudo: sua voz era uma extensão de outra coisa que não ele, e seu timbre?, seu timbre parecia vir de uma bem-sucedida evasão, incrível, e nessa deserção do peso do mundo, sim, aí se definia a sua preguiça essencial, é isso, sua nata gasosa abandonando o corpo miúdo, retinto de frustrações e tédio. O que ele dizia, se isso fosse possível? Dizia que emigrara dos laranjais para uma vidinha escusa agora na ilha, procurando sem sucesso algum instrumento para ocupar seu tempo. Comia às vezes de favor, tomava banho no rio, tinha amores por uma cabra que vinha logo roçando as ancas nele; chegava a sonhar tendo um filho dela, mistura de cabra e pessoa não fazia mal; se tivesse inteligência feito gente lhe ensinaria a pescar, comer da pesca, depois ronronar como um gato de satisfação, sestear, olhar no fim da tarde as andorinhas tardias, levantar-se, comer as sobras do prato de peixes, voltar para o acolchoado, excitar-se mesmo sem companhia, reentrar no sono, ficar baldio, abandonar-se aos estranhos mais secretos, isso sim era o que eu queria disse o garoto rosnando agora, como se novamente perdido para as rédeas da semântica.

O que eu queria, falei eu, é que hoje à noite a gente pudesse ter um sono só. Depois ri, ri da idiotice que dizia, do rasgo extemporâneo, da nervura mofina.

Eu queria que aquele ser que ele era ali passasse a sentir minha falta, só isso. Que quando abrisse os olhos daqui a pouco não me visse mais e passasse então a sofrer a minha ausência. Eu queria que ele andasse à minha procura pelas ruas e que se sentisse exausto de me procurar ao fim do dia, e se lançasse aí aos solavancos pelo sono e que se ferisse e que se lanhasse e que se maltratasse e traumatizasse pela falta de mim e que eu fosse ao fim e ao cabo coroado como seu senhor do Instante e que ele tivesse o bom-tom de se ajoelhar e mendigar perdão. Os albatrozes, lá no alto, em largo círculo, poderiam coroar esse perdão.

Atravessei a rua e comecei a me afastar do garoto adormecido à beira do rio. Agora iria à procura de minha filha que eu não tinha idéia como fosse. Passei a chave na porta da casa onde ela deveria estar. Vi a casa praticamente vazia de tudo, como antes. Fui seguindo pelo corredor onde de repente poderia surgir a jovem que se dizia minha filha. Ninguém ao fim do corredor. Uma sala. Sentei-me na única poltrona. Súbito Marta poderia aparecer, bem como eu preferia que fosse, aparição repentina como se do nada.

Sentei-me na poltrona posto a pensar. Marta cuidava dos desenganados. Levava-os a superar a tristeza, a covardia diante do fim; infundia-lhes a certeza de que o desaparecimento era o melhor dos caminhos. Se aparecesse, ao invés dela, o garoto do sono à beira do rio, eu embarcaria na viagem e o trataria como a filha, a jovem estudante de medicina a quem eu pediria que me curasse do hábito de beber em demasia, perguntaria se não tinham ainda criado um remédio contra a bebida, alguma síntese que sarasse a necessidade imperiosa de se evaporar de si e se manter pelas ruas em zero absoluto — vômito, quedas, joelhos e dentes quebrados.

Quem foi o autor destas feridas?, eu mesmo?

A minha filha na pele do garoto a exasperar seu cheiro áspero pediria que eu deitasse, iria me examinar. Encosta na minha testa, curva-se a ouvir meu coração, pede à enfermeira que traga a injeção.

Quando acordo vejo minha filha pela primeira vez. É Marta, filha de Marta — puxou à mãe, aloirada do sangue húngaro, a me olhar de fato como se da primeira vez. Volto a dormir, sinto-me em febre. E estou. Eu, que em anos não me sentia verdadeiramente enfermo, a não ser a sensação de estar todo esbodegado por dentro, mas que ia agüentando assim até mais adiante.

Agora eu estava ali, enfermo sim, a energia rasa, soprando bolhas de ar pelo largo descampado, soprando minúcias voláteis de plantas típicas da ilha, lilases, armênias, conceições. Abri novamente os olhos e quem estava agora debruçado sobre mim era o garoto que dormia à beira do rio; perguntei, baixinho:

"E ela, onde está?"

"Ela quem?"

"Minha filha".

E senti ele passar um pano por minha testa, e vi uma igrejinha além da janela. Perguntei onde ficava a capela. Ele respondeu que ficava para além da janela, que era a igreja que o Imperador mandara construir durante uma visita à ilha; ali, no século passado, cantavam as missas do Padre Antero Douteiro sob os ouvidos gozosos do Imperador, sabe?; no dia em que foi proclamada a República, o Imperador foi assassinado ao sair da missa na capela num domingo cedo de manhã, sei disso porque trabalhei como guia turístico por um tempo, levava grupos a passear pelos campos ao redor, pelos monumentos, praias, igrejas, sótãos de conspiradores, museus, terríveis punhaladas no coração. Sabe?, num dia vi de fato o assassino do Imperador numa ruela do centro da cidade a tomar sua cachaça apoiado no balcão do Pândega dos Maias. Chovia e eu corri até debaixo de uma figueira para ficar olhando o assassino do Imperador terminar seus dias naquela solidão que o fazia falar e falar sozinho, dizem que a falar sobre a pátina do mundo e como era necessário esfregá-la bem todo o santo dia para que deixasse lugar ao brilho antigo.

É, você deve estar se perguntando: esse cara então falava nessa época como guia, podia escutar os comentários sobre o assassino do Imperador? E eu digo que sim, que eu falava e escutava e que fiquei assim depauperado dos sentidos ao fim de um dia escuro de muitas trovoadas, quando cheguei onde deveria ser minha casa e ali só havia água e água, sem sombra de casa, de telhado, de paredes, vigas. Sabe?, foi aí que a voz cessou e o ouvido retraiu-se todo como um bicho de concha. Peguei a mão do garoto. Mas não era a dele e sim uma lisa, fina, quem sabe a da minha filha, enfim. A realidade está brincando de esconde-esconde comigo, porra, mais um motivo para eu voltar ao sono, falei me trincando todo, quase a estertorar.

Não havia remédio, os meus sentidos se comportavam dispersos, não me permitiam fixar as imagens do mundo, concatená-las, redesenhá-las na mente se preciso. Eu estava vivo, mas as coisas em volta não me davam permanência. Eu executava meu raciocínio, mas quem cultivava comigo a paciência de digerir o pensamento, quem estava comprometido com o meu confinado comentário? Quem?, mas quem?, me chamava para aquela ilha que todos os nativos pareciam amar não com omissão mas parcimônia para não exagerar, gastar, liquidar... Eu estava ali entre todos, mas era um forasteiro, ainda por cima francamente desmemoriado, sem saber bem claramente o que fazia na ilha, por exemplo essa questão da filha, onde ela realmente estava, delineada e comprovada, onde? onde?

Pois eu mesmo não sabia com exatidão de mim, se adquirira um contorno pela vida ou não; meu corpo talvez resultasse flutuante, informe, tal qual a minha mente se ela de fato existisse, se ela de fato não fosse a ilusão de um miasma aventureiro, sim, se ela fosse de fato mente, precisa entre as demais.

Eu era agora aquele corpo sentado na baleeira em meio àquele rio descabelado pelo vento, em imperiosa correnteza, mas não sabia ao certo o quanto de mim poderia ser visto, fixado.

Mas não, não, por favor, esqueçam: aquele corpo que vai na baleeira não é meu, senhores, pelo menos ainda não é meu, quem sabe ainda me apossarei dele, mas agora ainda não.

Não podia esquecer que eu não estava bem, agora, na casa onde eu e minha filha deveríamos nos conhecer, ali: recostado à poltrona talvez me encontrasse morrendo, talvez na agonia suprema, talvez numa intermediária para piores dias, talvez apenas letárgico entre um sono e outro, talvez, talvez.

Em todo caso, é preciso recomeçar sempre e sempre a mesma história, para que jamais esqueçamos que viemos para fazer e fazer aquilo que ainda não estava feito, e eu digo que nunca estará feito pois que vi uma ocasião numa trilha escondida na mata um deus todo aflito por não ter sua divindade ainda completa para redimir a força congelada. Era um pobre homem seminu, blasfemando contra o trecho que faltava para atingir sua plena divindade. Claro, pois tudo pára no meio do caminho, sem tempo, acesso, ânimo ou coragem para seguir, seguir até o fim se o fim de fato existe.

Eu gostaria de dizer a vocês o seguinte: se afastem de mim, o que tenho contamina, vicia, amortece; se afastem de mim enquanto é tempo, pois se ficarem por perto vão acabar fazendo na calça como eu, vão acabar fedorentos e maltratados sobre um leito de uma enfermaria pública nessa zona carente chamada de país.

Mas não precisam se afastar, não, pois que sou um homem desativado, não sou ninguém. É, alguma coisa me dizia que ainda era cedo, que eu realmente estava mais para zero que para qualquer saturação, que eu deveria esperar um pouco mais por minha filha para que nosso encontro enfim se desatasse, eu que supunha não a conhecer, que a queria aloirada e bela como a mãe, a desfrutar de seus conhecimentos das ciências médicas tanto quanto eu desfrutava, com o perdão do verbo, do meu estado incerto entre o abandono e uma ínfima latência de vontade.

Sim, da vontade que agora sim me leva nessa baleeira arrochada por um vento sul de fim de tarde revolto como um mar.

Desço num trapiche, lugar já avançado, sem estradas, só uma estreita e longa, longa trilha para os pés entre as fraldas da serra. Ou essas baleeiras que fazem o transporte entre as aldeias de pescadores ao longo da profunda costa.

Pois desci da baleeira meio combalido, sentindo joelhos e ancas e a pensar, pensar o que me esperaria ali, se bom, se razoável, se funesto. O barco deu partida com seu motor espalhafatoso e eu me virei a olhar as águas cinzas quase prateadas do rio. Não havia como povoar de imaginação o espelho plúmbeo daquele rio. Era aquela película fina a ondular-se sem cessar. De repente o céu e a água entrando no escuro da noite sem estrelas. Os primeiros pingos a cair devagar.

Virei-me para o mato. Em frente havia uma luz: um restaurantezinho chamado "Nova Ilha". Ao lado, um pequeno prédio avarandado, com certeza de quartos para hóspedes. Sim, lia-se no cume: "Pousada Nova Ilha". O caminho meio barrancoso, entrei. Uma mulher do outro lado do balcão, atrás garrafas de pinga, conhaque. Paro. Uma loira como devia ser minha filha.

"Sim?"

"Preciso de um quarto."

Ela me dá as chaves. Vejo que está grávida; pelos meus cálculos, seis, sete meses.

"Seu nome?"

"João. O seu?"

"Marta."

"É ela", balbuciei.

"Ela quem?"

"Desculpe, é a ganância de conhecer minha filha, Marta. Olha, o sobrenome da outra Marta, mãe de minha filha, é ou era Batista, não sei."

"Sou eu."

"Quem?"

"Eu, Marta Batista, filha de outra Marta, também Batista."

"É provável, sim", falei meio atrapalhado.

"Quem é você?"

"João", repito.

"Sim, mas João de quê?"

"João das Águas."

"É você o meu pai."

"Tem certeza?"

"É você, eu sei."

"Nos abraçamos?"

"Um abraço, acho que devemos dá-lo."

"Lágrimas?"

"Algumas."

"E se não formos quem pensamos?"

"Se não formos ficaremos presos a esse abraço até quem sabe."

"Espera, você por acaso estuda medicina, faz sua residência, trabalha com a Ablação da Mente?"

"Como sabe?"

"Há tanto sei de você!"

"Quem lhe contou?"

"O servo de uma ciência oculta na macega ao pé da rocha forte. A exuberância da pedra guarda e dá sombra a essa abnegada figura que me diz perpetuamente de você", falei começando a cansar do diálogo, do tempo que ainda estava por vir, de tudo.

Ai, ufa, ai!, expressei comigo.

"Vou chorar, meu pai!"

"Te peço."

"O quê?"

"Algumas lágrimas, não mais, durante o nosso abraço."

"Esse abraço virá?"

"O quê?"

"O nosso abraço."

Aí nos aproximamos lentamente. No rádio toca "Bolero Irreal". Nos abraçamos. Sou mais alto, seu beijo alcança meu pescoço. Inclino a cabeça, sua boca alcança minha face. Sinto no seu ventre a criança, provável neto ou neta ter um leve estremecimento, como se percebesse a força da cena.

É quando chega ele detrás do balcão. Ele quem? É, o garoto que comigo dormira algumas noites que eu já não sabia contabilizar. Afasto-me de Marta. Fico louco para saber se este garoto é mudo mesmo. E surdo. Finjo não reconhecê-lo. Ele diz alguma coisa em sílabas soltas que não chegam a formar vocábulos. Prefiro não tentar decifrar o que ele procura dizer. Faço um movimento em direção a ele com a mão tesa como se lhe pedindo para calar. Mas esse gesto fica no ar em esboço interrompido, por demasiadamente sombrio, escroto, desastrado.

O garoto arrefece a fala enigmática. E pára de despejar aqueles blocos todos de sons precocemente esbugalhados de tão miseravelmente ininteligíveis.

Nos dias seguintes vejo-o varrer o espaço em volta do Nova Ilha quase até as bordas do rio. Ele varre, todas as manhãs ele varre, às vezes com um ancinho. Em certos instantes nossos olhos se confrontam, assim, frios, como se um não soubesse nada do outro.

Uma noite chego perto de Marta e lhe digo:

"Cheguei na estação, peguei a chave e o endereço, mas não havia ninguém na casa."

"Você se inscreveu no Programa?"

"Que programa?"

"Da Ablação da Mente, ué!"

"Sim, por necessidade e por saber também que havia como militante alguém que poderia ser minha filha, Marta."

"Você é doente terminal?"

"Tenho tudo para isso... mas será que sou?"

"Começaremos por examiná-lo. Conforme seu atestado, entraremos com o Programa propriamente dito: fazer com que os doentes reassumam um idílio com uma certa verve de eternidade e passem a desdenhar dores, mazelas, infortúnios. Não sei se o farei feliz. Mas serei uma espécie de dama de companhia, a seu lado até o fim, não, não fazendo prodígios, mas tentando uma química já bastante explorada cientificamente, que se constitui num jeito, apenas um pequeno jeito que faz com que se extraia da ilusão o seu calor, só isso, um calor que fará de você um crente absoluto, ou seja, um iniciado nas quatro faces do Ministério: relax, dormência, sobrevida em éter e o sereno culto da inanição, mais nada."

Foi quando ela sentiu um pontapé da criança dentro dela e pegou minha mão e a levou até sua barriga para que eu sentisse os volteios do feto. Essa posição de ter meus dedos cobertos por sua mão e a auscultar seu ventre grávido, essa posição parecia a de um marido, mais de pai que avô daquele iminente nascimento.

"Tenho sim, tenho a técnica de fazer felizes pessoas no seu estágio."

"O meu estágio?"

"Sim, o seu."

Nesse momento apareceu o garoto do sono à beira do rio, apareceu como uma espécie extinta, guardião de nada, não mais do que alguém em improviso contínuo, exercitando-se na árdua tarefa de nada fazer, mas sem angústias por ter de improvisar o tempo todo disfarces para sua inação. Retirei a mão do ventre de minha filha. De imediato senti falta de um calor que emanava de seu corpo. Tudo se desfazia mais uma vez. Esse desfazer não era ruim, me descansava de tudo, talvez fosse já o método da Ablação da Mente fazendo seus primeiros efeitos. Realizei um esforço de concentração: olhei para Marta, mas não consegui dizer palavra, nem sequer pensar, e voltei afoito para aquela sensação diluída em-sal-em-neve-em-nada, cadência que eu começava a ganhar, ali, perto do rio. Amanhecia. Ao fundo uma baleeira fazendo seu ruído transportava fiéis para a festa da Santa do Infante, como clamavam todos os gatos pingados à beira do rio, sim, Santa do Infante, e eu via sem querer ver, apenas seguia indefeso a bandeira vermelha na baleeira que seguia firme para a festa da santa, e a mancha vermelha a tremular me devastava a visão como se eu fosse terra de ninguém.

Vários dias e noites tinham se passado, num lugar dessa rede eu colocara a mão no ventre de minha filha, vislumbrara o movimento do meu neto ou neta, e agora já era quase uma bela manhã madura, com a bandeira vermelha da santa ainda a deslizar pelo azul lavado do céu, a balançar tremulante como uma boa bandeira — esta era vermelha como um *travelling* a navegar pelo azul lavado do céu, e os fiéis dentro da baleeira entoavam um hino eucarístico, falando do sagrado pão na boca dos homens, aquilo que não sacia mas infesta nossas glândulas do mistério.

Enquanto a baleeira sumia devagarinho na curva branda do rio, eu sentia na minha boca a presença de uma incerteza tão viva como se inflamada, quem sabe parente disso que os crentes chamavam de mistério. Ali naquele ponto longínquo da ilha, à beira de um pedaço quase inacessível do rio, eu sentia o auge daquela incerteza inflamada, tudo se intumescia dessa incerteza e era aquilo sim que chamavam de mistério; tudo o que me cercava sobrevivia agonicamente dessa incerteza, é, sem dúvida, mesmo aquela loira grávida que de fato parecia descendente de húngaros como a também Marta sua mãe, tudo era incerteza, vaguidão, mistério sem realeza divina ou força semelhante, não sei, pois não sei mesmo se realmente fecundei a mãe dessa Marta agora grávida, não sei se em algum encontro de luxúria, sossego, servidão, não lembro, não foram tantas mulheres, é verdade, mas não lembro, repito, repito sempre para que possam ouvir a minha pasmaceira indecorosa.

No meio dessa grave onda de incertezas, dava até para especular se o pai dessa criança que se formava no ventre de minha filha não seria eu, eu que sabia trabalhar cada vez menos com a memória, esse eu que era eu e que podia sentir vivamente ainda os movimentos do feto — na extremada delicadeza de ser levado a tocar no ventre grávido.

No entanto, continuava bem provável fosse o garoto mudo mesmo o senhor dessa história toda, e eu na verdade não queria saber, eu tirava os tênis sujos com um rasgão à vista; e botava meus pés cansados nas águas desse rio que agora bate suas marolas depois da passagem do barco dos peregrinos. Curvei-me e trouxe alguma água na concha da mão. Molhei os cabelos, retirando um pouco do calor chapado do sol. Sentei, deitei na areia. Eu estava ficando raso, era isso: o peito parecia uma tela fina, rarefazendo-se igual à areia — temia essa sensação e ao mesmo tempo não; haveria um dia em que eu me deixaria levar por aquela frágil película que me suportava o peito, me deixaria levar até que o mar cobrisse.

É, talvez me quisesse deixar levar para onde fosse porque, sinceramente, estava chegando a uma quase insuportável conclusão à beira daquele rio: não era mais um cara que pudesse chegar pra outro como mais um bicho da espécie se reconhecendo noutro, enfim, chegar próximo e ouvir o coração rugir de fúria e depois desatar-se lasso e ruminar a dois, a três, com esse sacramentado elogio de algum fervor comunitário. Isso me fez ficar de joelhos, com alguns disfarces, claro, para não dar a impressão de algum pendor para o sagrado. Peguei um punhado de areia e o coloquei na boca agora sim sem nenhum disfarce, e fiquei horas ali, ruminando o meu silêncio cheio de uma areia pedregosa.

Mais adiante dois pescadores conversavam, se perguntavam como proceder em alguma faina diária, de repente ao meu lado minha filha Marta com alguns cuidados comigo, se não era dia de trocar os lençóis da minha cama no quarto da pousada, as toalhas de banho, aquelas coisas em que os vivos se agarram como se numa bóia santa de todo o dia para não soçobrar; ai, eu gemia ao pensar que perdera o ardor necessário para aquilo tudo; estirado de novo na areia, sob o sol enfezado, talvez o que mais me estimulasse fossem os olhares trocados com o garoto mudo, arrevesados, arredios tantas vezes, tantas vezes enganosos, quantas delas tristes, quantas outras gananciosas de algo escondido, imperecível, doentio. Olhares. Talvez o melhor do que restava fosse isso, essa imprecisão sem desenlace, esse garoto que rondava maquinalmente pelas praias do rio, mudo, com certeza surdo, a varrer, a vagabundear, sempre. No bojo daquilo pelo menos parecia resistir uma desconfiança onipresente, acerca da retidão de propósitos dos eternos atarefados.

O melhor mesmo seria quem sabe se manter assim, em suspensão diante da tarde, uma vontade de ser sem agarrar-se em nada, vadios, vadios éramos eu e o garoto que se sentava agora na borda de uma canoa, de costas para mim, ele que às vezes dobrava a cabeça para o lado e me entreolhava com um jeito marmóreo, moreno, índio, larva de totem. É o garoto mais bonito deste canto da ilha, eu ouvira escapar de uma menina toda jambo de nativa, a saia esvoaçante nas dunas do rio. Ele deve ser mesmo o garoto mais bonito deste canto da ilha, ponderei. Olha lá, parece uma estátua inca. Inca, inca, inca, bati no peito como se assinalasse na carne a saturação de um léxico dos gestos. Se indicava culpa, se louvação, se nada indicava além do próprio gesto batendo no peito, não, não importava, aquele gesto de bater três vezes no peito não pertencia a ninguém, nem a algum eventual interlocutor nem a mim próprio, eu estava ali, batendo no peito no mesmo andamento das marolas, e isso me irmanava ao movimento das águas, e isso me dava um novo crédito diante daquele pequeno mundo que se me revelava ali, na beira do rio.

Pois estava enfastiado de viver tatuando-me de gestos para neles inscrever sei lá que quantidade de significados ou, melhor, sempre os mesmos, algo como "estou aqui, vejam-me, não me percam de vista, tenham dó da minha presença". O mais prático, pensei, seria despejar-me todo na areia, eu que agora de fato sentava-me nela mais uma vez não como um pescador, alguém dali, mas como um visitante que de repente descobre não ter para onde voltar nem como permanecer naquela paisagem, entre pessoas que já dão conta do espaço e que se sentiriam incomodadas com a presença de um intruso apartado das gentes, inativo como uma árvore mas sem dar frutos ou sombra, sem adensar a mata; assim, desse jeito, me agüentariam por ali?

Inca, balbuciei novamente de birra e de repente me engasguei e cuspi porradas de impropérios contra os incas, a malfadada raça, o descalabro da espécie, o desvario.

Agora não tinha mais o que cuspir. O garoto me entreolhava sentado na margem da canoa, e vê-lo no seu naturalismo de deus inca dava uma certa segurança, sei lá, a conjunção com alguém tomado de antepassados podia ser alguma coisa um tanto fria, distante, mas ele agora estava ali com essa aura, talvez tivesse fecundado minha filha se ela realmente fosse minha filha, talvez pudesse ser visto como um forasteiro que vinha dar continuidade à minha rala presença entre o céu e a terra. Ele vinha para fazer com que meus genes perdurassem, e ali àquela hora radiosa à flor da praia eu e ele éramos dois animais ariscos que não avançam, pois que se sondam numa medida que dói, mas que ao mesmo tempo evita qualquer miragem excedente.

Onde estamos nós?, perguntei à brisa. Onde o quê?, alguém perguntou. Onde estamos nós, onde estamos nós, falei já querendo briga. Sabia que aquela indagação tinha a força da demência. E me fiz de bobo, deitei, fingi que adormecia, fingi tanto de tudo que cheguei a acreditar que era um navio, que fora feito só para andar sobre as águas, João das Águas que era, carregando em minhas vísceras os dramas dos viajantes, seus temores do mar, suas dúvidas, amores passageiros ou peregrinos, tédio infinito, desejo de se atirar aos tubarões. Eu estava deitado na areia e eu era todo fingimento, provocação sem causa... e agora era mais que isso, era o próprio aroma naufragado do garoto, aquele aroma sim que eu pressentira ao umedecer meu rosto cansado com a água do rio.

E por que esse alvoroço revirado na surdina? Se o núcleo do mundo, como queriam alguns, estava ativado em lucidez, sobriedade e parcimônia, por que fora eu o escolhido para atuar no desregrado corpo na areia da praia? Era isso que o fazia extenuado? Por aquela embutida exposição pretendia fundir-se à impassível paisagem? Por quê?, se no fundo eu não passava de uma carne abatida sem nenhum propósito claro de comércio com o ambiente em torno...

Nesse momento apareceram os trovões de três *jet-skis* dirigindo-se pouco a pouco ao Nova Ilha. Os três rapazes com roupas de borracha estacionaram seus cavalos das águas lado a lado, perto das mesas ao ar livre, e sorrindo como numa pausa de guerreiros imperiais pediram cerveja e foram sentando-se em volta de uma das mesas fincadas na areia. Marta servia-os metida num biquíni, exibindo orgulhosa sua barriga honesta. Os três guerreiros conversavam amenidades. Eu me levantei como querendo disfarçar não sei bem o quê, talvez minha problemática inércia. O pavio, que sustentava de imagens meus miolos, ainda não bem extinto, ainda a se expressar lá dentro em bolhas de idéias que logo arrebentavam: mantinha-me febril eu acho, era isso, uma resistência vaga, talvez a de não arrefecer minha profusão imaterial. Ora, eu vivia dela, dessa profusão imaterial que me levava a acreditar que eu ainda estava firme, exalando enérgicas conjeturas, no limiar de uma descoberta que me traria um novo encantamento: de um novo ideal.

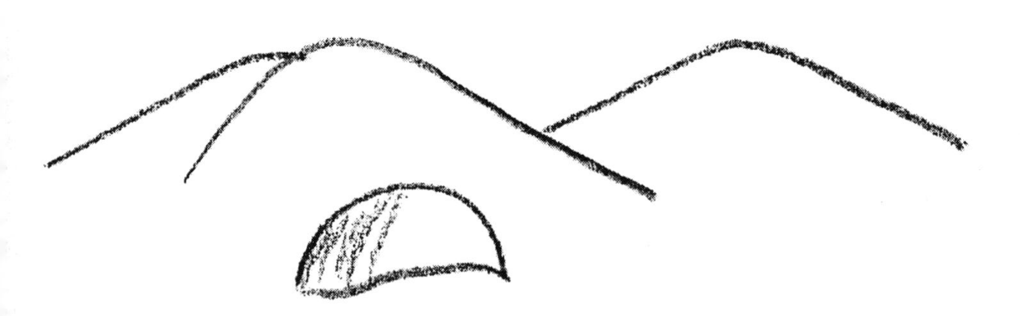

Eu estava de pé diante daqueles três guerreiros dos *jet-skis*, mas não os olhava, feito um urso impertinente, concordo, quem sabe terminal como se gabavam de chamar os médicos. O garoto mudo sentara-se junto a uma mesa contígua à deles, e parecia ter-se sentado ali não exatamente para travar contato com os rapazes, mas tão-só para saciar uma curiosidade inútil por aquele mundo que parecia viver em elétrica atividade, vagamente desdenhoso do resto, ao contrário do seu próprio mundo, retirado, evasivo, aparentemente sorrateiro, sempre a contemplar, parecia, os ossos do banquete do qual ele não tivera a chance de participar. Não, ele não fora convidado para nada, sua atividade consistia apenas em observar no seu impreciso silêncio as migalhas jogadas nos intervalos da ilha, quando um conviva ou outro tomava um pouco de ar na rua, na praça, entre dois atos da ópera.

Havia um cheiro maldito de macho por ali e aquilo ao mesmo tempo que poderia me agradar me arrancava a seco um precário senso de proteção que ainda tinha, o que me punha a rondar aflito por ali, à procura de uma qualificação humana, estável, retilínea, veraz ou que merda fosse, alguma coisa que pudesse manter a minha crista alta, do mesmo naipe da de qualquer outro macho que viesse a se lançar ali.

Ali por perto mesmo cuspi de novo: de um modo encardido, asqueroso, quase sangrento. As marolas balançavam na beira, fazendo seu ruído de jaculatória velada. Como era bonito e heróico cuspir daquele jeito enquanto as franjas do rio faziam aquela canção. Os rapazes nem notavam talvez a força da minha excreção. O garoto do sono, embebido da conversa dos três. A cada brusca extração da minha saliva adoentada eu arrancava de dentro uma ferocidade que ao cabo se esfarinhava nas extremidades do rio. A cada escarrada eu lançava uma semente naquela terra acovardada a se desintegrar na areia aquosa. A cada escarrada puxava de dentro de mim um subproduto a marcar o solo com veneno regozijo raiva. Aqueles rapazes guerreiros conversando ali, o garoto apatetado pelo brinde doidivanas que os três faziam, aquilo tudo estava desacreditado desde o início, se é que em algum início possa se instalar alguma crença ou descrença, se é que houve algum início algum dia em algum momento, se é que a gente possa alcançar algum processo que esteja a começar, se é se é se é, mas de qualquer forma paira sempre o velho equívoco, este que nos mete numa coreografia não exatamente pior nem melhor que qualquer outra, mas sim insípida, repetitiva, cansativa, espalhafatosa, ineficaz. Entenderam? Não? Querem mais explicações? Ai, estou cansado, vou deitar, rolar, fingir que me masturbo, fingir, fingir, até o sono me cobrir com seu perdão.

Mais uma vez eu estava atarefado de mim, odiando, espumando, pretendendo uma vingança que me excedia. Eu era mínimo como um grão de areia. Ninguém me via, eu era transparente. Se quisesse, trespassava aquelas figuras ali parolando à beira do rio com meu próprio corpo, e eles não sentiriam meu odor combalido, o meu hálito confuso, os espinhos de minha barba. Talvez só eu feito uma sombra veneranda estivesse em condições plenas de sentir. Sentir a roupa de borracha, os pêlos escondidos, a névoa instantânea no olhar. Trespassaria também o garoto do sono, de leve, uma dança fugidia que eu mesmo não pudesse sentir. Nenhum de nós dois merecia que fôssemos marcados um pelo outro. Deveríamos permanecer intactos nesse encontro, embora já fosse tarde demais, acontecera a noite, as noites não sei quantas, só nós dois à beira do rio. Lembro de um contato macerado, cascas-grossas que éramos. Lembro de um nada quase tudo, a temperatura da fronte do garoto que senti com a minha face, uma febre incomunicável, submersa, interior. Não houve muito entre nós dois nem nada, apenas um abraço indeciso logo esgarçando-se no abismo, o sono. Não havia nada entre nós dois, nada nos esclarecia ali.

De justo, de preciso, apenas uma nuvem rosada acomodando-se na paisagem em miniatura que ia se formando entre nós dois deitados à beira do rio, uma nuvem rosada acomodando-se na parte superior da micropaisagem, apenas a nuvem nada chuvosa toda perfumada esplendorosa nos céus de abril. Apenas uma nuvem, ali, a deslizar entre pássaros silvestres, para além da ilha, sobrevoando o mar. Apenas um floco pequenino em meio à imensidão azul do céu. Apenas aquela coisa em tranqüilo movimento perpétuo enquanto o negócio aqui em baixo se retarda, se amarela, se apaga.

Não querem mais nada, irmãos?, perguntei em silêncio para aqueles quatro ali. Querem que eu dê um faniquito, me dilacere, esperneie diante de vocês? Os três guerreiros na taberna riam espalhafatosamente, enquanto o guri, provável pai do meu neto, olhava-os como se chegassem a heróis, não sei bem heróis de quê, mas era inegável que portavam uma desfaçatez ao mesmo tempo orgânica e olímpica. À mesa, os três deuses vestidos em borracha negra desbravavam o destino de algumas milhares de almas como era o caso do garoto do sono. O garoto do sono observava-os, devoto, não talvez porque quisesse imitá-los, mas para poder guardar no íntimo aquele convívio de exaltação, quase uma voraz pedagogia. Mostravam-se para que fizéssemos como eles, que saíssemos da lama do abandono e viéssemos brindar com aqueles dínamos ali à mesa, pois eles nos tirariam do atraso, sim senhor.

Os três guerreiros soltavam risadas. O garoto, a olhar. E eu?, pobre de mim esfolado pelo dia: sol a pino, areia grossa, a trama furibunda a esquentar ainda mais os meus miolos. Sentei-me no degrau do avarandado e vi no céu a imagem parda do cair da noite. Os três bebiam. O garoto mudo se transportava até os três na sua pele misturada ao azeitonado da hora, mas os guerreiros dos *jet-skis* não lhe davam acolhida, estavam ali tão-só como atores num pedestal de barro, porque tão logo anoitecesse por completo, tão logo bebessem todas e mais algumas, sobrariam apenas no corpo dolorido e enfadonho, sobrariam apenas na coleção de lamúrias retorcidas.

Por que insistir se o cansaço estava em tudo? Sempre aparecia a noite e seu lúgubre vício de nos colocar frente a frente com o teimoso cansaço que nos leva à cama, à falta de sono, de vontade, de novo raso, com a tela rasa no peito e o remexer insano na mente, a inquietação nos membros e o sono a bem dizer inócuo no meio da noite, alumiando mal e mal as baleeiras que transportavam os fiéis de volta, a bandeira vermelha agora murcha na escuridão, a sobra de energia daqui de dentro querendo palpitar ainda ao longe, quem sabe na travessia da baleeira, ou melhor, além dela entre peregrinos extintos, alheios à ordem natural dos dias e das noites.

"Um pouco de mim, você quer?"

Não sei, não sei para quem fiz essa pergunta, eu juro. Marta minha filha me levava para o meu quarto, contando que o lençol estava limpo, que ela queria ficar bem preparada com os lençóis limpos pela casa e pousada para que, quando sentisse as primeiras contrações, pudesse partir para o hospital na baleeira sabendo dos lençóis brancos limpos por todos os lugares.

Custei a pegar no sono. Na parede do quarto, manchas de luz passeavam e eu da janela via no rio algumas canoas em pesca, os pescadores carregando faróis que por vezes se digladiavam feito uma festa no ar, pescadores de corpos pequenos, infantis, a rede no rabicho do barco, e os barcos rondavam por ali, os pequenos pescadores a bater de repente com os remos na água e no casco da canoa para que os bandos de peixes fugissem ao encontro da rede; agora as crianças das canoas gritavam umas para as outras, transbordavam gargalhadas, com certeza riam da minha sombra na janela, deste homem que só sabia olhar escondido, como se o olhar guardasse um remorso; sim, ele olhava escondido para seguir as figuras no escuro do rio a pescar, vultos a gargalhar daquela sombra na janela que não sabia vir para a farra das águas, negando seu próprio nome, João das Águas, um homem que se escondia ali mirando figuras que pescavam e que na realidade não via nada de vivo nas feições nem nos gestos de pescar, só vultos, apenas vultos gargalhando na noite e que não o deixavam dormir, vultos talvez de alguma assombração que viera para acabar com aquele homem inútil que pensava estar na iminência de mais uma noite de sono, sem saber que se preparava para velar o mundo que morria, mundo que ele já não conseguia acompanhar no seu sonambulismo, na sua evasão inodora, na sua camuflagem de alheamento, distração e fuga. Está certo, sobrava um desassombro... um desassombro, porém, que não sabia espumar suas águas para fora do gargalo hirto contra as nuvens...

Para onde iria agora que o mundo e as crianças pescadoras gargalhavam dele e que as marolas do rio repetiam o aflito devaneio do vento, hein? Para onde iria se havia muito tempo não andava em lugar nenhum? Para onde iria desconfiando de tudo como estava, da própria filha que nem sabia ao certo se tinha? Para onde iria se só conseguia apoiar-se nos calos escuros do quarto e passava a mão pelo corpo e sentia retrações onde antes se insurgira alguma coisa? Para onde iria se quando amanhecesse as crianças resistissem à madrugada e lhe acenassem sobre as águas? Não, ele não queria, ele não queria mais as imagens do mundo, ele queria sossegar, adormecer sem contar com nenhuma figura que povoasse algum sonho, somente um quieto ressonar, talvez nem isso, só a letargia obscura, sem ímpetos de delírio, a memória naufragando a enviar ainda alguns borbulhos, e depois a escandida carência dando margem a apenas uma palavra, curta, breve, seca: Não...

Não, nem esses pés brancos na areia da tarde, depois nas bordas do rio em meio a algas; nem mais o espírito gasoso desprendido de sua magra duração, não mais a turbulência por não se sintonizar com as horas — ele agora se entregava ao sono sobre a areia, talvez se mantivesse apegado ainda um pouco mais ao som mais repetitivo das marolas, com os motores de alguns barcos lá ao fundo como um metro de um poema que ele nunca pudera adivinhar.

Levantou levemente a mão sobre o peito e viu-a tremular azulada de lua num espaço tão abandonado que parecia infinito. Doeu-lhe o peito, mas ele disse não, ainda não, e enfim caiu num sono profundo.

Profundo? Mas eu não tinha um sono tranqüilo. Quando acordava, a carne latejava movida por um fator escuso que nunca conseguira recuperar do breu do sono. Na pia me limpava pela cara e pescoço: tirava o cheiro mandado pelas vísceras; me higienizava para o dia, e isso me custava geralmente um duro esforço, não-raro voltava para a cama e conseguia aí saborear melhor os lençóis; às vezes descobria um rasgão ou outro, vislumbrava manchas, tocava no encardido sem os limites do razoável, nada era sujo demais. No outro lado, o sol firmava o seu domínio. Às vezes voltava ao sono, dormia então feito pedra, enquanto o sol brilhava lá fora eu não era desse mundo. Em certos sonhos no período solar, eu tinha uma experiência estranha: tocava num vespeiro e as vespas não me atacavam, ao contrário, adornavam minha mão como uma luva cravejada em minúsculos movimentos; eu levava a mão para o alto, contra o sol, e a admirava brilhar, reluzir. Tudo era uma espécie ingrata de ser: em doses cavalares eu percebia o que normalmente se constituía em dor se incendiar de uma feroz beleza, e isso em minha própria mão; eu via aquilo que deveria estar armando o bote virar uma alegria sinistra, refulgir nos calafrios do sol; eu via, eu percebia, eu reclamava na surdina mas nada fazia, eu apenas conseguia me resultar em artífice do ócio.

Esse ócio vinha de que eu não me sentia com autoridade para impor alguns limites entre o descanso e a marcha: muitas vezes a vigília vazava no meu sono um tom realista, quase o próprio fato em carne viva, enquanto que, durante as horas acordadas, podia enxergar as coisas de um foco apagado, quase desnaturado diante das providências necessárias ao dia.

Pulsões assim se misturavam aqui dentro de uma forma tão titânica que eu tentava fugir em desespero dessas garras submersas para não morrer, mesmo que em certos fins de tarde, ali, de bruços sobre a areia, antes de inebriar-me um pouco da cadência esguia das marolas, eu retornasse à consciência e concluísse que não tinha como me afastar do círculo furioso, pois não havia para onde fugir, é, eu não conseguia vislumbrar um não-lugar que não fosse a própria morte.

As forças boas ou más que presumivelmente compunham a realidade estavam tão entranhadas na face do mundo que o melhor talvez fosse tocar no avesso, se isso fosse pensável, sim, tocar naquilo que o entendimento plausível pudesse considerar sem volta. Onde estava eu que não gritava? Estava na ilha, a minha última estação antes de qualquer coisa maior ou pelo menos diferente. Eu não gritava para não assustar os circundantes. Eu era tantas vezes uma sombra omissa, refratária, sem espargir a menor gota de exasperação.

De costume era um homem cordato, com a aparência social medida, um sorriso sempre franco para as crianças, pois elas me acalmavam num simples olhar, um olhar não procurando adulterar mas transmitir a matéria perecível do instante.

Naquela manhã vi um menino à beira da praia. Ele contou que era dali. Tinha o hábito de pescar à noite — talvez um daqueles que eu vira da janela segurando os faróis de pesca nas canoas das trevas. Era um menino dali. Tinha um bordão, com ele escrevia nas areias: contava que era um menino dali, pescador, mas que quando crescesse iria para um lugar de estrada, não como aquele em que vivia onde pneus não chegavam, queria estar perto de um caminho de terra, de terra, não desse volume mole do rio;

queria estar perto de tudo, estudar, ser instrutor não sabia ainda muito bem de quê, vir para cá só nos fins de semana, à beira do rio, para meditar. O menino escrevia na areia e eu ia lendo devagar pois as marolas se mostravam atenuadas por um dia de azulzíssima calmaria, não desmanchariam de pronto às letras do pequeno pescador.

Vai, odeia teu pai e odeia tua mãe, rompe os grilhões da pesca e da preguiça e vai para um lugar de estrada ser doutor, vai! O menino me olhou e disse que estava só esperando crescer até aqui, e pôs a mão até uma altura bem além de sua cabeça; sim, quando chegasse naquele tamanho fugiria sem deixar vestígio ou carta e iria ao encontro de um bom lugar de estrada como ele falava, estudar, ser doutor, mas era preciso antes romper drasticamente com o ritmo moroso do mundo da pesca, apagar o passado, odiar sem tréguas sua rotina para então sim ter o direito a este lugar de estrada que poderia levar a outros lugares de estrada, a outros, mais outros.

Vinha se aproximando uma baleeira. Lá dentro só duas crianças a fazer sinais para o menino. Este me deu tchau, disse que ia para a aula. Três crianças partindo para a escola na baleeira. Cantavam contra a leve brisa o que quem sabe fosse uma canção ribeirinha, falava de canoas e marolas e tochas, linda lua e morcegos ao anoitecer em rasos vôos a caçar do rio. Cantavam com vozes pequenas, e tudo parecia parar para assistir àquela infusão de graça na veia da manhã.

Minha filha me esperava à porta do Nova Ilha. Se eu tivesse uma inequívoca memória de sua mãe... Provável que aquela mulher ali à soleira da porta à minha espera fosse idêntica à Marta que eu encontrara... ou não? Comigo acho que não era parecida; eu não via traço meu ali naquele corpo grávido cheio de cuidados para comigo, esse forasteiro aqui que tinha desembestado pela trilha avulsa, que seria certamente o vagabundo que perambula entre as famílias e as mais diversas faixas de labuta, o malandro talvez, o ócio feito sacerdócio, um homem sempre desatento ou com a atenção sempre posta em outra coisa, um cara temeroso que o quisessem empurrar para uma velocidade portentosa, descabida, e ele não, ele queria preservar as mãos vazias, preservar sabe-se lá que integridade matreira, fingidora, não discuto, apenas continuo: um cara que queria ficar para trás, insisto, regozijando-se com as formas insubmissas à sua convulsão mental: a gaivota ali no trapiche, o ronco aparentemente dissonante da baleeira.

Mas eu me dirigia para a possível filha minha grávida de seis, sete meses no alpendre do Nova Ilha, ela que me queria numa continuidade explícita, a fazer parte da casa, da expectativa da criança, aproximando-me das coisas com domínio de cena, aproximando-me quem sabe do meu incerto e difuso genro, o garoto mudo; mas era melhor assim, desconhecer a identidade de genros e quejandos, não saber ao certo o grau de envolvimento desse rapaz com minha filha, desse cara companheiro meu de noites ao relento à beira do rio; também era melhor não sentir convicção a respeito da mãe dessa moça grávida que me esperava à flor do Nova Ilha, era melhor não estar seguro a respeito de nada, pois nada parecia ter existência palpável naquela casa, naquela cidade dispersa em vilas; eu talvez estivesse ali apenas por me considerarem um homem terminal e o Programa de Ablação da Mente quisesse então me ver incluído em volta de sua força centrípeta, gananciosa de mais e mais adeptos; queriam me ver recuperando-me da vida, partindo desse mundo com a ilusão crescente de que agora sim começaria a fazer sentido, é, justamente nessa travessia, curiosamente nessa travessia eu começaria a me ancorar devagarinho no leito que rege a ordem de tudo e que dá segurança à presença das coisas, algo enfim que se pode chamar, sem forçar a barra, de positivo... mas o que é aqui positivo?, perguntariam os últimos céticos: positivo, eu próprio já estaria a ponto de responder, é quando você conhece a auto-supressão e expira aliviado; em derradeiras palavras: é quando você morre numa boa: é quando você, numa minúscula frase, diz o que eles levaram dúzias de anos para apenas esboçar, isso é morrer numa boa, podem crer...

Aí senti minha mão na barriga de Marta, à flor do restaurante Nova Ilha. Eu observava os movimentos do meu possível neto, Ariel ela queria como nome, e sentindo o movimento de Ariel em minha mão meio abstrata veio-me uma golfada imprevista, falei: Não sou doente terminal, por que aqui me trouxeram? Marta sorriu como quem sorri diante de um velho que não quer tomar o seu remédio.

"Não, não estou velho, mostro minha identidade e tudo, olha!"

Ninguém está velho, ela parecia me dizer. Apenas chegou a hora para você. Você precisa voltar para casa, você precisa aceitar. Então ela me deu um copo d'água, uma água de fundo salobro, morna, reconfortante, chamando toda lembrança para um centro que até ali eu parecia não ter. Este centro queimava, aturdia, depois apaziguava. Este centro, vivendo esse círculo de sensações, ia pouco a pouco se alastrando, e súbito eu era todo esse circuito de vívidos sentimentos, e agora, meus senhores, é que a porca torce o rabo, agora eu temia sim chegar na estação embalsamada do apaziguamento e terminar perecendo como pereço nesse instante nos braços de Marta que passa e passa as mãos nos meus cabelos enquanto caio e ouço o coração do feto atrás do ventre.

Agora sim cairei enfermo nos braços de Marta, tive tempo de pensar mas não de progredir o raciocínio pois a própria idéia me doía.

Quando dei por mim estava sentado numa cadeira de rodas, sendo transportado para dentro de um bote. Marta foi durante toda a borrascosa viagem segurando minha mão. O vento assobiava e sacudia desbragadamente a embarcação, fazendo com que o garoto mudo possível pai do possível neto segurasse firme na cadeira de rodas atrás de mim. Marta de fato me adoeceu, pensei em meio a grossas cusparadas do rio; e comecei a guardar uma imagem vil daquele copo d'água que ela me dera. Mas para valer mesmo eu não pensava em nada. Não tinha forças para pensar em alguma coisa até o fim, ainda mais no olho daquela tempestade que fazia do rio uma epopéia oceânica.

Até ali eu ainda não sentira a bem-aventurança apregoada pelo Programa de Ablação da Mente. Eu sentia mesmo era a necessidade incalculável de que tudo acabasse o mais depressa possível. Aquele vento desesperado, o balanço histérico do bote que naquela altura era quase nave, a superfície do rio encapelada e não só a superfície, a densidade do rio como que alavancava-se às vezes pronta para arrebentar a onda definitivamente apocalíptica e depois se enfraquecia e logo revestia-se novamente de ambição. Temia que aquele bote virasse e eu fosse para o fundo do rio com cadeira de rodas e tudo; não seria um desfecho de cena tão ruim assim com certeza, mas eu não queria acabar daquele jeito abrupto, queria sentir a tela rasa desfazendo-se no peito, aos pouquinhos, para que eu pudesse balbuciar venci, não como herói, juiz de meus próprios e improváveis méritos, não; queria era me esvair sentindo o gozo pequenino, eco de uma vitória longínqua sem contorno ou causa, só isso, pois eu tinha sim a minha própria Ablação da Mente ou que nome se queira dar a esse gozo exíguo que levaremos eu sei até o sopro findar, até lá aquele promontório à beira oeste do rio, até conseguirmos enfim apreciar a paisagem de um só golpe, quando tudo se abrevia no espaço de um suspiro prolongado a revestir o gozo do mistério de mais gozo.

Ai!, eu estava sendo conduzido no meio daquela tormenta mais castigada agora pelos raivosos pingos da chuva, eu estava sendo conduzido para um hospital. Para morrer? Então que o bote entornasse de uma vez e não sobrasse nenhum de nós para contar a história. Nem o barqueiro, nem nós três ali, eu, o garoto mudo e Marta, aqueles três pilantras, ela a mais sólida, barriguda, a querer me empurrar para uma galáxia onde eu fosse o pai que ela não tivera e assumisse o feto como neto, e mais o garoto mudo, o meu risível genro e assim por diante.

Mas nada disso parecia possuir um valor realmente apetecível para nenhum de nós, incluindo aí o feto ou o meu neto, como queiram, não, nenhum de nós tinha qualquer papel majestático a conservar, seres perdidos no encagaçante delírio do rio.

Entretanto, apesar dos pesares, senti-me um pouco aliviado quando reavaliei a posição do garoto mudo atrás de mim, feito meu anjo da guarda, quem sabe meu pastor da retaguarda. Nós dois, caras no fundo invisíveis que poderiam se fazer passar por nada em breve, ou quase isso. Quem seria de verdade esse sujeito magro e meio amarelado que eu suspeitava vir a ser meu companheiro final?

Não precisei pensar muito mais para me ver com luzes hospitalares monstruosamente fortes em cima de mim. Um careca narigudo aproximou-se e disse estar me dando a extrema-unção, e nisso meteu seu dedo imundo de óleo santo pela minha boca e eu mordi aquele dedão que quase me sufocava e provocava vômitos, mordi aquele dedão querendo parecia alcançar minha garganta, e o careca narigudo soltou não só um ui mas também um ruidoso peido cheio de sangue no dedo.

Marta veio em socorro do careca narigudo ou veio em meu socorro, ou de ambos, não sei, e ela estava agora com os cabelos aloirados escorridos sobre os ombros como nunca. Fiz uma careta para um espelho em cima de mim entre as luzes feito um microteto de bordel. Fiz uma outra careta para Marta. Ela respondeu armando sua própria careta, mais estilizada, mais grã-fina. Parecia haver agora um impasse de quem faria a careta mais retumbante.

Eu e minha filha, pois sim. Eu e minha inimiga, isso é que era! Que venha meu pai, ela parecia dizer a cada minuto, que venha meu pai ignorado e que eu consiga fazer dele pó, devolvê-lo ao estado em que vivia antes de me aparecer, puro pó, quase nada. E que vá em paz. E que vá para sempre.

Eu ofegava um pouco de raiva deitado em cima daquilo que deveria ser uma mesa cirúrgica, algo assim; eu tremia de indignação em cima daquela coisa mas não conseguia demonstrar nada disso, eu no fundo de tudo me sentia era prostrado diante daquela brincadeira, não a sensação de tela fina no peito, não, mas prostrado mesmo, morto em vida, um aparelho indefeso diante das fúrias daquele salão hospitalar.

Naquele estado eu não tinha o tão discutido gozo, só frustração. Aquele estado era uma inação barata, indigente para se tirar dali qualquer partido. Naquele estado apenas me sentia inapto e pronto, puro peso morto, inoperante até para te ajudar a projetar o mais ínfimo dos gestos. Eu poderia me engambelar achando que faria daquilo motor para um grito. Mas nem isso. Um grito com certeza arrebentaria a minha fragilíssima cápsula de vida e eu viraria uma dilaceração exposta, redundante, até que os tecidos desses trapos começassem a ser lambidos pelos cães, comidos como carne seca pelos cães.

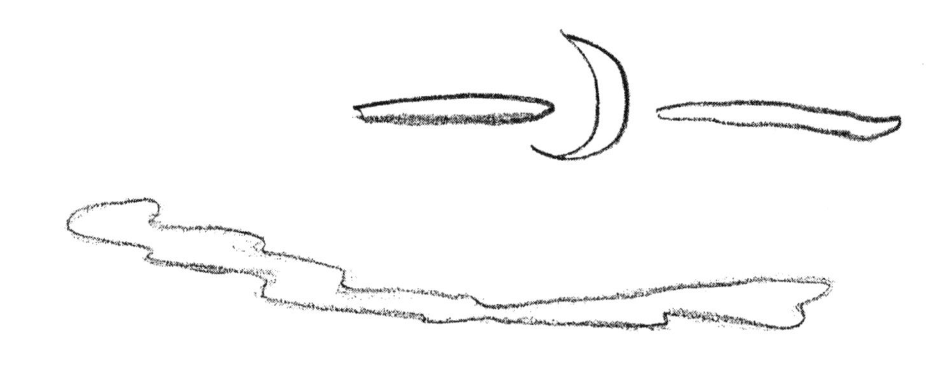

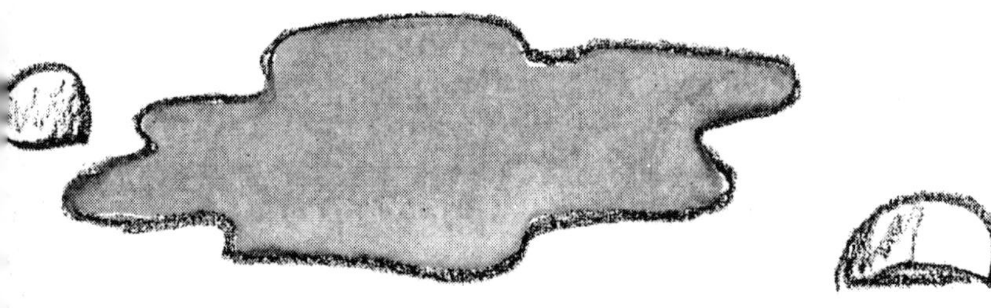

fiquei não sei mais quanto tempo assim, de papo pro ar, exposto para aqueles abutres, sabendo que não estavam obtendo sucesso comigo, não estavam conseguindo me induzir para o bem-estar derradeiro, essas coisas que comprovariam suas teses a respeito da passagem serena para o submundo dos vermes. Eu seria um atestado de redondo fracasso do Programa de Ablação da Mente se me quedasse assim parado sem nem ao menos demonstrar furtivas reações, tipo uma lágrima, um chiado nos pulmões de um inverno empedernido, quem sabe um sorriso latente, a mão que reconhece a pele de alguém, um leve

Eu entrava num coma branco, sem razão ou sentido, bem provável, e, se assim permanecesse, acabaria reconstituindo por inércia um certo gozo, renitente, fino, restrito, infra-humano que fosse, mas um gozo alcançando enfim certa fluidez genérica no espírito, é, um aceno lírico desmanchando a intriga mais íntima, desfazendo o nó antigo — com esse precário gozo eu permaneceria ali deitado naquela mesa cirúrgica pelo resto dos dias; aí não importava nada do que acontecesse no padrão externo, eu apenas recebendo soro na veia, imerso na minha genética genuína, quase inorgânica, aquela cuja memória vai até um tempo anterior à alma, quando ainda não se sabia sonhar, só o gozo fino misturado à medula: o pardo acontecer na tarde.

Isso: tudo cultivava uma solução de gozo, fatal por certo mas aquilo, gozo — essa sensação não bem de alívio, mas de resistente supremacia sobre o incalculável legado de escassez e sina.

Mas não, não, falei para meus miolos insones. Nessa condição em que me acho me exaspera estar completamente dependente desses fulanos do Programa de Ablação da Mente. Desses caras que fuxicam para me injetar alguma reação distinta da inércia... mas não conseguirão, verão. Se me levantar daqui com algum fervor vai ser por minha conta e risco pois ainda tenho uma parcela de impulso dentro do meu organismo, com ele ainda posso me levantar daqui e sair andando pelos corredores do hospital como faço nesse instante, com os braços meio abertos para não bater em nada nem em ninguém. Os corredores são brancos descascados, luzes frias. Os corredores têm o mesmo cheiro de todos os corredores de hospital. Às vezes tenho de desviar de macas, cadeiras de rodas, caras sofridas.

Caminho eu acho feito o sonâmbulo que sou. Os braços entreabertos como asas de gaivotas bordejando pela lama. Caminho eu acho como um surto ambulante excretado de um fantasma. Caminho rápido agora, como que reassumindo energias porque sei que comigo ninguém pode. Como sonâmbulo fujo melhor que qualquer lúcido. Como sonâmbulo encarno um corpo inverídico, um trapaceiro da aparência, um equívoco da vista. Por isso fujo melhor que qualquer lúcido. Como sonâmbulo como sonâmbulo como sonâmbulo, eu poderia repetir e repetir como sonâmbulo. Quanto mais repetisse mais depressa a minha fuga atingiria seu alvo ainda ignorado. Sonâmbulo sonâmbulo sonâmbulo, mais duas três quatro cinco seis vezes a mesma palavra dita como se num jato inconcluso, sempre a apagar-se e redimir-se por aqueles esbranquiçados tubos por onde transitavam a tripulação e os enfermos do hospital.

Até que vi Marta caminhando a passos pequenos pelo corredor. Tinha uma enfermeira do lado. Disse que entraria no trabalho de parto nas próximas horas. Falei que eu poderia acompanhá-la por um tempo. A luz assoberbadamente branca. Entrei com Marta num quarto. A enfermeira nos deixou. Marta esticou-se sobre o lençol alvíssimo. Cheguei perto dela e beijei-a na fronte. Era uma mulher parecendo corajosa a algumas horas de conhecer seu filho. Seu nome seria Ariel. O meu neto. Fiz menção de pegar na mão de Marta. Mas logo percebi que seria um gesto excessivo para aquela mulher que trabalhava no transporte de criaturas terminais para a nomenclatura do Éden. Então eu deveria ficar por perto, sim, mas sem nenhuma sentimentalidade destacada, pois isso é que tinha infelicitado nossos antepassados, essa mania de a tudo melodramatizar; nós não, nós precisaríamos romper com esse cárcere romântico e tentar nos educar para a disciplinada ilusão que não atinge os sentidos, toda branca e asséptica feito uma promessa caiada, isso sim nos parecia verdadeiramente terapêutico, rejuvenescedor de nosso fim.

Fui ficando por ali, num quarto próximo, embora não fosse mais tratado como doente; como paciente talvez fosse, bem provável. Mas o certo é que ia me abrigando no hospital, no início assistindo às vezes Marta ter suas contrações cada vez mais seguidas, e essas contrações pareciam estar acontecendo por um tempo indeterminado, vago, impreciso. Muitos anos talvez... tanto!

Não raro Marta respirava com sofreguidão sobre o leito, sem abandonar o ar decidido de quem cumpria uma etapa necessária para a ilustração completa de seu Programa. Parecia a cada instante mais e mais investida de renúncias para atingir o merecimento da ambiciosa meta: a de ter a tutela da travessia quem sabe de alguns milhares de mortais.

Durante seu infinito processo de parir, era comum surpreendê-la de seios à mostra, muito suada, cabelos úmidos, sem nada sobre o peito que a pudesse acalorar mais e oprimi-la. Nunca vira ao vivo seios tão colossais, tão fartos.

Em volta do hospital reinava a paz. Não faltavam cartazes lembrando à população que ali era lugar de silêncio, em respeito aos que permaneciam na dor ou aos que embarcavam para a outra margem. Tudo naquela ilha recendia uma linguagem aquática: margem, travessia, embarcações...

Tudo ali em volta parecia bem parado, reduzido àquela fração fugidia que nos dá o pleno acesso à falta de empenho, à falta de idílio, ao vácuo enfim. Nesse ponto alguns técnicos da moda admitiam que nada deveria entrar que estivesse sob a jurisdição do consolo. Nesse ponto aí qualquer alívio seria esterilizado para que deixasse de atuar como fator patogênico. Ah!, o vácuo guardaria um horizonte prolífico de saídas humanas, horizonte sem muita cor, presença, sentido, ou seja, praticamente uma lacuna dentro de outra a gerar os mantimentos necessários. Mantimentos necessários para quê?, pergunto, eu sim no vácuo absoluto, pois sei que ninguém me ouve.

Eu vivia inflamado de uma espécie de raciocínio heróico, imperioso, destrutivo, isso é que era verdade. Passava o tempo todo pensando dentro de uma constelação preciosa e purulenta de signos, e aquilo começava a me dar náuseas, começava a sangrar. Eu sim era um homem vago, impreciso, e que pouco trocava com a tribo. Eu sim tinha me cansado de tudo, eu sim era a falta em vida.

Às vezes essa situação me fazia supor que me queriam na ponta mais extremada do desterro. O pior é que, contrariando a crença finalista da Ablação, eu não conseguia imaginar colher alguma coisa desse vácuo apregoado. Socava a cabeça teatralmente, mas para mim vácuo era vácuo, falta era falta, e não possibilidade de fecundação e extração de algum valor. Estavam todos metidos nessa roda interminável, e o único que parecia se cansar e desistir era eu. Entretanto, juro que queria entrar, participar pelo menos por algumas horas, por um dia até.

Estavam realmente todos certos, convenhamos, chegara a hora da minha travessia: saltar para o outro lado como num experimento absolutamente válido por si mesmo, mais uma técnica de se depurar a dificuldade humana para a vida e a morte, e pronto.

Sairiam todos satisfeitos de minha exemplar passagem: cobririam a crueza da minha morte com cachoeiras teóricas, enquanto eu, bonito!, estaria todo amputado de uma coisa que um dia fora convertida ao meu anônimo eu, essa máscara pesada que eu nunca soube de fato encarnar. Seria isso o que chamavam de preguiça? Esta insuficiência em se fazer carne, mantendo o pensamento ocupado de si mesmo, e nesse afã mental impossível desgarrar-se para uma flutuação que só conhece alívio ao produzir um tipo estranho de sono: aquele que não gera descanso, levando o usuário a parasitar numa espécie de elefantíase da imaginação.

Era isso que deveria estar martirizando os membros do Programa: terem de contemplar em mim um estado vegetativo, quase, morte sem óbito, e não uma indolência caricata, angustiosa, agônica, delirante, alucinada por vezes, prestes a ser recebida no fausto da redenção. Eu ali não me deixava apreender tamanha a minha desqualificação para o convívio. E ficava ali, ele, esse fulano que era eu, sem queixas aparentes, sem vivos procedimentos, ciscando ociosamente num terreno de olímpica indeterminação.

Deitei-me no leito do meu quarto de hospital. Estava ali para acompanhar as dores do parto, o nascimento, os primeiros dias do meu possível neto. Mais não tinha para fazer. Comia aquelas refeições insípidas do hospital. Olhava um crucifixo enjoativo na sua oferta de dor. Uma enfermeira coreana costumava me atender. Falava mal a minha língua, mas nos comunicávamos por monossílabos nem sempre de semântica prévia. Assim nos comunicávamos, como pessoas que não tivessem muito a dizer, nem muito a perder, nem muito nada. Se eu precisasse expressar algo dessa relação poderia calar com a consciência tranqüila, pois entre mim e a enfermeira coreana jamais surgiu uma semântica suficientemente madura para ser relatada. O que se desenhava entre nós não era propriamente uma história infantilizada, pré-alfabeto, mas pequenos veios já bastante sucateados, e que ainda conseguiam nos retroceder de alguma forma a uma lenda baldia onde figurávamos palidamente, sempre em tom menor.

Para que então tentarmos desdobrar aqueles instantâneos de vozes que não deixavam marca, pruridos, redenção? No entanto, eles nasciam de uma espécie de comoção antiga, de onde todas as coisas deveriam ter partido em direção a um assentamento em solo familiar. Vivíamos, talvez, uma troca inumana ainda, demasiadamente carente para que pudéssemos conhecer entre nós alguma frustração. Essas doses instantâneas porém poderiam dar em praias irreconhecíveis, já desacreditadas; só o que nos restava fazer era usá-las com abnegado cuidado: em fagulhas baixas, sem nenhuma pretensão, tirando dali somente uma nesga de cintilação, apropriada para aquecer um bocadinho, sem ostentação, aquele ambiente frígido de hospital. Havia uma tentativa branda de calor naquele quarto quando a coreana vinha com as refeições, alguns comprimidos talvez vazios de finalidade realmente curativa, quem sabe apenas a presença formal de uma certa medicina de ponta que me queria numa morte suave para corroborar sua gestação teórica.

E eu lembrava a cada minuto que não deveria estar morrendo coisa nenhuma; sim, tudo me doía, a coluna, os membros, as juntas, o fígado, mas isso ainda não me levaria. Eu preferia usar as dores como álibi para não precisar entrar demais na rede humana que até naquela ilha não conseguia sarar não sei bem de quê, talvez de um teimoso remorso, fruto quem sabe de um acidente cósmico qualquer.

Eu não deveria estar morrendo, não... Eu deveria estar partindo. Para onde? Não sabia, só estava pensando mesmo em como me desvencilhar do hospital, do tal Programa de Ablação da Mente.

Sabia, sim, que depois continuaria a seguir a minha linha submersa, esse plano invisível que nos toca para a frente até que encontremos nossa própria imagem rupestre, intacta, fixa, e diante da rocha não saibamos mais o que fazer além de mijar espumosamente sobre a nossa tosca figura. É desse material que se fazem as histórias dos bons e velhos condenados. Eu por exemplo era um bom condenado, não tinha outra saída se não escapar do hospital e ir para a estrada, pois não queria mofar e morrer de pronto, embora já me sentisse prestes a encontrar minha imagem rupestre. Eu me sentia com o corpo doído, e carregava essa mania de repetir as coisas todo o tempo, feito agora ao declarar que tinha o corpo todo doído. Essa mania vinha de uma velhice precoce ou quase isso, o corpo enfadado a revolver revolver seus desgastes antes que eles não nos deixem mais espaço nem para a repetição. Então você repete e repete como se espremesse interminavelmente a laranja já exaurida, sem a menor hipótese de suco.

Foi quando pensei em ir até o quarto de Marta, para ver se dava um tempo nessa astenia dissonante. Ela estava tendo o filho. Um médico bonitão, fazendo pose de seriado americano, pegava na cabeça da criança que vinha vindo e que deveria ser meu neto. Marta, dissolvendo um esgar, me olhou, me viu paralisado à porta do quarto do hospital. Além da janela vislumbrava-se o mar que rodeava a ilha, uma tarde luminosa de vento fraco, alguns coqueiros a balançar. A criança estava pronta para a vida, o cordão umbilical cortado. É, aquele que deveria ser meu neto, o tal Ariel. Aproximei-me para olhá-lo, mas de fato não vi nada naquele minúsculo corpo, todo sujo de fluidos de vida, que pudesse ser chamado como meu. Nenhum detalhe nas asas do nariz, orelhas, pés. Eu não estava prolongado em nenhum pormenor daquele boneco de carne; era um bebê que poderia ficar lindo dali uns tempos, mas mesmo depois não achava provável que ele reproduzisse algum trecho do meu quinhão físico; vivíamos para acreditar em lendas de semelhanças físicas, em prolongamentos de nossa personalidade nos nossos descendentes, em bolações genéticas futuristas, nessas coisas, enquanto o pobre cara que habita nosso corpo não quer mais se iludir com lábias de linhagens; sabe que se governa sozinho, mesmo que com todas as leis, e que é inquilino solitário de um invólucro chamado corpo ou organismo, feito de fezes, sangue, cuspe e algumas coisas mais.

Olhem Marta deitada depois de parir. Mesmo nessas circunstâncias é bela e moça. No fundo não acredito que seja minha filha. Não acredito que eu possa ter gerado tamanha beldade, é sério. Aloirada, pele sedosa, e agora toda extenuada pelo parto. Minha filha? De onde veio tal beleza, mesmo agora após uma batalha? De mim?, um homem que se pode bem ou mal chamar de idealista, todo descarnado, um homem que nunca desejou no duro uma procriação... Não, essa Marta deveria ser primeiramente de Marta, sua mãe, depois se especularia acerca do sêmen que participara na gestação. Homem como eu não gera carne. Homem como eu gera apenas o cerrado miasma de suas idéias, não tem cacife para fecundar mulher. Um peso morto para você, ó doutor de seriado americano, que me olha com essa cara de ativo reprodutor da espécie!

Mas como eu disse, de pronto não morrerei porque ainda não tenho urgência de alívio. Ainda posso sair andando para fora do hospital depois desse quadro de parto; e ninguém mais saberá de mim, ninguém nunca mais tentará armar a intriga da minha morte antes que aconteça, ninguém mais, ninguém mais. E desaparecerei como um inocente inútil. Não deixarei minha contribuição para que se comprove a iluminada travessia para o *post-mortem.*

O que eu queria agora era me ajoelhar ao lado do leito de Marta e bater três vezes no peito ninguém saberá mais de mim, assim, como uma jaculatória, uma ladainha, uma litania, migalhas de uma convicção que eu iria repetindo repetindo até que se gastasse e virasse poeira, reticências, mais nada... Sei que Marta e o *staff* do hospital acorreriam para me fazer calar, me tirar daquele constrangimento. Mas eu não estava constrangido. Eu estava dentro de uma pura vontade de chegar ali, me ajoelhar e pedir perdão, só isso, um perdão intransitivo, de tudo e de nada, perdão que afogasse fulminantemente a minha semântica enclausurada da palavra perdão. Um perdão que inaugurasse a si próprio, que instituísse uma outra carnadura de si mesmo e que, enfim, é claro, pudesse de fato perdoar, perdoar os ínfimos desvãos de cada história, perdoar a paisagem que nos viu nascer, perdoar nosso passado que não nos preparou, perdoar o que somos, mais que tudo perdoar esse ser subterrâneo que trazemos assoberbado de vergonha.

No duro no duro eu deveria calar. E me tornar um anacoreta a bater seu cavo tambor no alto da montanha que reina sobre a ilha, lá! Ah, mas para isso deveria virar um alpinista, coisa que só de pensar me deixa estatelado no espinhoso solo por algumas horas.

Então por que não grito, não esbravejo contra essa turma do hospital? É, chego ali e me faço de herói louco, um homem que mudou os destinos da história e que acabou babando de demência. Não, eu como herói louco não admito a morte, vou resistir até morrer. Por quê?, perguntarão alguns letrados que vêem o meu cérebro no mais extremado dos refúgios. Por que persistir na vida se você já não está entre nós? Se você já se apartou?

Tomo um táxi e vou até onde encontro um pedaço do rio. Preciso respirar um pouco. Depois do nascimento do meu neto preciso respirar um pouco. Aqui à beira do rio. Preciso estar aqui sorvendo esse ar puro da noite no rio. Sou um herói sim e não vou morrer. Na época eu era um homem bonito porque de fato acreditava nisso de ser bem-apessoado até nas mais graves vicissitudes, não sei, um contato vivo com a beleza a cada vez que meu corpo fraquejava, não sei mesmo, se não for isso me rendo e apodreço. Repito, já que minha sina é repetir: sei que não deveria falar, sei que deveria calar. Ué, queriam que eu ficasse à margem do rio cantando a grandeza sem par do verbo? Queriam que eu deixasse exposto o nervo do silêncio e ali encostasse para provar que dói o centro nervoso do silêncio, é isso? E falar não dói? Dizer responder revolver perquirir avançar recuar não dói? O que não dói para você eu acho é este estado meio anestesiado furtivo invisível em que me encontro nesse ponto da estrada, isso é que não dói para você. Pois não dói mesmo.

Aqui a dor dói de não doer entende? Por não doer é que dói, se bem me explico. Não é bem dor, é um arroubo de letargia, ou seja, a tela desfazendo-se no peito sem nunca se consumir inteira, e de súbito uma inflamação um ímpeto e logo a síncope e o raso instante retirando mais e mais de si, até restar uma exclamação madura espetada à flor do abismo como um aviso, ali, escoando escoando seu provimento, perigosamente.

Estou cansado, meus irmãos, cansado. Não imaginem o que fiz para chegar a esse cansaço. Vim atrás de um neto, de uma filha, vim atrás do que não posso ter. Se os tenho, por que então filha e neto dormem agora a sono solto no meu cansaço moído de desconfianças? Por que não povoam meu pensamento e fazem dele um arado, uma lavoura? A essa hora meu neto deve estar mamando no opulento peito de minha filha Marta. Está nascendo uma relação estreita entre eles e eu vou ficar de fora, já entendi. O que eu queria mesmo era saber contar uma história, ou melhor, ter uma história limpa para contar. Fico aqui resmungando e resmungando e ninguém me ouve e ninguém acorre. Então me sento e depois me deito na areia à beira do rio. Faz calor. Transpiro, mas não muito, apenas para dizer que me cansei que me canso e que me cansarei. Estou deitado na areia como um sinal para a noite, para todas as noites. Agora chega, ó canoa noturna que balança docemente pelas águas desse rio. Agora você vai se enfurnar pela noite para nunca mais. Vai sair da minha mente, vai embora para as furnas da noite porque não tenho mais condições de hospedar essa difusa expedição. Você queria ficar balançando-se o tempo todo como se numa bonança eterna pelas prateadas águas desse rio. Você queria percorrer o gratuito itinerário preguiçosamente, pois agora chega, você vai desaparecer na boca da noite, vai sim. Você vai desaparecer porque ficou esse tempo todo inspirando os mortais para o obsceno ato de zanzar pela epiderme das águas, ó canoa balançante e irreal, vai pelas furnas da noite vai!, que eu me vou forte e audaz para o hospital onde estarei com Marta e a criança talvez pela última vez.

Mas não conseguia me levantar daquela areia fofa e aquecida. Eu ficara de braços abertos como um bom crucificado. Eu ficara incorrigivelmente de papo pro ar, como reza a lenda; de papo pro ar, porém, nem sempre era o conforto mental e físico elevado à enésima potência como se alastrava. Às vezes de papo pro ar significava apenas prostração, estar entre a vida e a morte. Era o meu caso ou não? Eu teria que resolver nas próximas horas. A primeira coisa a fazer: procurar minha filha, Marta. Meu neto, Ariel.

No corredor vi o garoto do sono segurando nos braços o bebê. Agora ia ver se o garoto do sono à beira do rio era mesmo o pai de Ariel, meu neto. Será que ficaria sabendo sem perguntar? Se as pessoas ficavam nessa onda de se sonegar, por que seria eu a perguntar? Nem estava realmente muito interessado. Eu estava curioso pela porção mínima que se escondia por detrás das coisas, isso que alguns poetas dizem que vêem, que alisam, que vigiam, isso que praticamente deixa de existir quando se procura, isso encoberto, isso manso, isso que se autofulmina a cada tentação de se mostrar, isso que não é nem projeto nem passado, isso que quando de fato aparece é porque está forjando sem querer o instante no qual você respira, agora!

Todo homem que pratica sistematicamente a indolência como eu não tem extensão nem meta, explico: entre mim e essa coisa submersa não existe uma amizade, uma ciência, influência até, não: o que há de comum entre nós é a pausa religiosa a cada suspiro, é, esse distúrbio leitoso do tempo atravessando a duração do outono a contemplar a tarde entorpecida do verão.

Era de manhã. Dei os primeiros passos pelo corredor hospitalar. Vi o garoto do sono à porta do quarto de Marta, com o bebê nos braços. Ele se balançava um pouco certamente acalmando Ariel, meu neto. Postei-me diante dele e a princípio fiz um ar de poucos amigos. Preciso dizer, repetir: as realidades humanas à minha volta andavam me exaurindo. Saber o que mais? Confessar o que mais? O que mais repetir, hein?

O garoto do sono fez um treco com o corpo para traduzir que não sabia responder. Olhei o bebê. O garoto da beira do rio soergueu os braços, convidando-me a pegar a criança. Peguei-a, ajeitei-a nos braços um tanto apatetado, e sussurrei: Ariel. Enfim, um varão na minha descendência. Deveria brindar? Brindar com a minha filha que se recuperava do parto? Brindar com o hipotético pai da criança, aquele garoto mudo e surdo ali? Por que ninguém mais parecia se envergonhar além de mim? Onde eu tinha errado, e por que um erro daquele tamanho, descomunal?

Balancei, balancei meu neto Ariel que às vezes fazia caretas num entredormir revolto. Às vezes um gemido velado, um esboço de choro. Eu balançava o bebê pelo corredor do hospital. Acalmava-o.

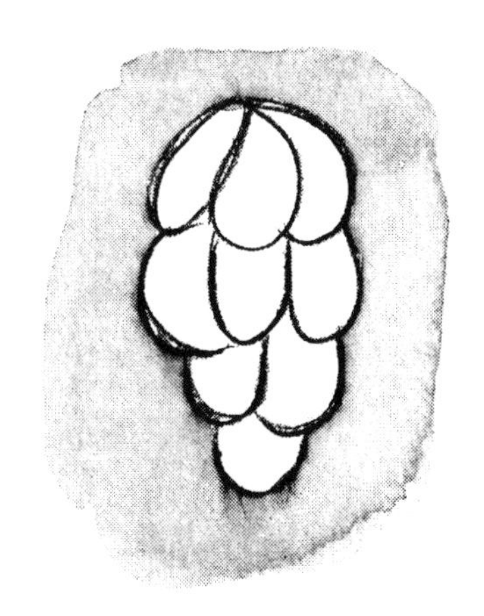

Saía agora do hospital como querendo me desvencilhar da situação humana posta ali: o garoto do sono, minha possível filha; eu saía do hospital com aquele nenê nos braços pensando seriamente em fugir com a criança, dar-lhe uma vida boa, sadia, corriqueira, regular. Fui me dirigindo ao mar. Fiz uma aba com a mão sobre os olhos da criança para protegê-la do sol e fui andando um pouco pela praia. Ajoelhei-me com cuidado, curvei-me, e depositei o bebê sobre a areia. Meu corpo curvado fazia sombra sobre o pequeno corpo que parecia despertar pela primeira vez — ali, sobre as areias da praia. Tirei a camisa. Inclinei-me mais sobre Ariel;

peguei-o com tanto cuidado contra meu peito que o sol naquele momento parecia estar sendo filtrado pelas graças de um deus. Afoguei o rosto minúsculo entre meu ombro e pescoço. Não sei o que senti debaixo do sol abraçado com aquela criança. Não seria honesto raptá-la como um avô desesperado para reiniciar a vida que me fugia das têmporas? Um avô um pouco precoce, é certo, mas que tivera tempo para tragar toda a solidão do mundo e agora estava ali, pedindo uma última chance ao lado do primeiro neto. Naquele momento eu já amava Ariel não exatamente como meu neto, mas como a primeira criança que eu realmente tinha no remanso do regaço. Dizer isso é quase um escorregão. Um escorregão com criança e tudo no colo. Então abracei Ariel quase a lhe pedir perdão pelo meu amor. Ele choramingou.

Resolvi voltar para o hospital, devolvê-lo à mãe. Eu não tinha prática com crianças. Nem muita paciência para acalentá-las. Na verdade eu tinha uma paciência tão curta com tudo o que não fosse o meu suado repouso! Por quê?, pensei. Por que sempre por quê?, se o que devo fazer agora é devolver essa criança e retornar ao meu silêncio principesco, feito na sombra, com a própria nata do suplício, se quiserem. Nessa sombra costumava cantar uns versos de Arabeda, um poeta faquir, que confessava serem seus versos puro mênstruo da meditação. Seus versos não vinham de qualquer outra fonte: nasciam da própria ovulação do silêncio, materializavam-se nessas sobras menstruais. Eram alados, por certo, mas inconfundivelmente orgânicos, um rumor de algas da velha Macedônia.

Devolvi o bebê para a mamãe. Poderia dizer devolvi a criança para a mãe. Ou: devolvi a peste careteira para esta filha zombeteira que gerei. Mas, inepto ou não para relatos desse tipo, falei que devolvi o bebê para a mamãe. Ai, como estava cansado para continuar contando murmurando me lembrando me entalando, sempre nesse verbo mórbido, sarna até nas pregas das sílabas. Não sei mais me arrumar, nem minha voz, meu timbre que era belo. Hoje só penso em ficar no pouso, deitar.

Devolvi Ariel para Marta.

Ela estava mais bela que nunca. Sob um lençol branco, imaculado.

"O pai já vai andando, minha filha."

Falei como se viesse preparando essa frase desde que pusera o pé na ilha. A gana que me deu de rir me sufocava. Pensei em ir logo embora para poder andar soltando toda aquela risada pelas estradas e praias. Em lugares proibitivos riria sorrateiramente: colocaria com alguns disfarces a mão nos lábios; sentiria-os constrangidos pela retenção do riso. Gastaria meu estoque de riso, inteiro, fatigaria-me de rir, não importa, porque tudo era montado sobre uma base de ridículo, de canhestro, quando não de indisfarçável falsidade. Entreguei a criança à sua mãe Marta, e disse:

"Já vou; descansa."

Se verdadeiramente assim a minha fala, eu poderia sair do hospital meio pacificado. Resolvi ali mesmo, às bordas da cama de Marta, que a minha fala fora essa e não outra e que poderia ir embora com a cabeça erguida, os passos decididos.

O garoto do sono saía de uma porta no fim do corredor. Corri um pouco não para pegá-lo a tempo. Acendeu-me uma rara curiosidade para ver de onde ele saía. Lá dentro, no meio de todos os aparelhos e apetrechos de praxe, um barbeiro sacudia um pano branco que deveria ter sido usado como proteção no corte de cabelo do garoto do sono, quem sabe pai de meu neto. É, uma barbearia no seio do hospital.

Fui me sentando na cadeira de barbeiro. Tinha preguiça de dizer alguma coisa. Cabelo e barba cheios, por fazer. Necessário dizer alguma coisa? Parecia que não, pois o barbeiro iniciava seu trabalho sem que eu precisasse romper meu silêncio. Havia uma música-ambiente. Um cantor que vinha fazendo sucesso, chamado Tupan. A voz alongava-se numa canção rural, de despedida. Alguém ia pela estrada afora em direção à capital e pedia que ninguém o seguisse, pois se ele pudesse contar com alguém nos confins urbanos não seria o vencedor que prometera ser numa tarde longínqua, abraçado ao tronco de sua árvore preferida.

O barbeiro agora me perguntava algumas coisas sobre o corte. Eu não respondia, nem sequer ouvia-o em toda a extensão. Eu estava aprendendo a ser uma voz dispensável. Eu estava aprendendo a ingerir o insistente rumorejar do mundo como se me alcoolizasse no fundo da noite. Procurava reagir a uma desatenção geral que boiava sobre as horas, não permitindo que a gente se reconciliasse com a boca aberta da vala comum... vala essa à espera do pobre segredo da tarde lenta, lá fora... vala que já alimenta o ócio continuamente ensaiado à flor do instante, aqui.

Não era fácil: eu não comportava nem as raras intervenções do barbeiro, gemia em surdina, suava, envelhecia a cada sílaba entreouvida. No entanto, na superfície do que eu vivia bruxuleava uma exígua chama assinalando que era esse o caminho, não outro.

Enquanto o barbeiro exercia seu ofício no meu corpo, Marta e o garoto do sono e o meu neto, todos eles talvez já fossem decrepitude, cinzas, poeira... Eu ainda estava ali porque só sabia olhar, meditar, refutar ou aceitar calado. Eu era eterno, eu era uma abstração. E isso me doeu, provocando primeiro uma fisgada na fronte, depois o estalo de uma vértebra, e logo a circulação brandindo suas chispas, perigosamente. Se eu era eterno, por que não me associava a uma confraria de imortais? Por que não passar a contemplar a arquitetura do tempo, só isso?

Eu me olhava no espelho do barbeiro e notava que os meus cabelos tinham ficado grisalhos. Quem sabe o mundo lá fora se perdera na teia dos acontecimentos, enquanto eu continuava ali submetido a uma disciplina férrea de silêncio, pobreza e privação de circuitos e promessas. Abúlico? Certamente que era. Egoísta? Tudo faria supor. Agora eu relembrava, porém, o espelho do barbeiro e não me via mais nele, sinceramente: eu já partira dali. Ficara no espelho apenas aquele ambiente de barbearia em pleno prédio do hospital. Eu já partira dali, mas a minha atenção continuava posta no reflexo de cada coisa que compunha aquela constelação no espelho, como se eu permanecesse ali, e isso me fazia acreditar, modestamente, que eu no duro era eterno e que estava tudo muito bom tudo muito bem mas que eu ia começar a me reter, criando em mim uma outra condição: menor enfim, fugaz.

Novamente estava naquele ponto da praia onde permanecera havia pouco com a criança. O sol queimava. Senti um instinto solto por ali, algo a me dizer que eu não deveria ficar por muito tempo mais na ilha, que procurasse logo o que fazer, que preenchesse o tempo com tarefas concretas pelo menos de imediato, que depois se veria o resto, coisas como adormecer ou sonhar alheio ao que se passa em volta; que eu pegasse por exemplo a vagarosa barca para o continente e fosse, fosse para o mais longe possível, lá, onde sobrevivia apenas o vento, a árvore, o obsessivo marolar nas bordas de alguma vastidão. Por enquanto ainda pensava essa paisagem, ainda media minhas forças, sem concluir se queria mesmo avançar mais. O fato é que presumia não ter qualquer grave problema de saúde. Mas andava pensando também não digo em me encerrar numa espécie de avareza, não, mas em me reter, já disse: ficar de verdade à mercê do instante, sem evidenciar nenhuma intenção de prosseguir.

Era preciso aceitar a tarefa mais ingrata: essa de se deixar ficar enquanto fosse possível a reedição diária das horas. Se me impregnasse todo do fluxo invisível da minha manutenção, me deixaria ficar ali na praia, torrando debaixo do sol, dormindo por ali mesmo, saciado muito mais que carente, pronto para ser abatido, é certo, mas sentindo, também é certo, um surdo regozijo sem o poder de me levar a parte alguma, a nenhum lugar. Eu estaria bem se assim se desse, juro. É que as pessoas ficam sempre achando que a saúde está em outro lugar, no agasalho de outro coração. Ficam sempre achando que é preciso resistir o tempo todo, manterem-se firmes como se estivessem ministrando necessariamente uma lição de luzes e não trevas. Eu fora sempre tão forçado a resistir que hoje queria estar entregue. Talvez esse fosse o ponto nuclear do Programa de Ablação da Mente. Talvez eu estivesse vivendo o momento áureo do Programa, talvez estivesse me preparando ali para morrer, como insinuavam as lições da ousada doutrina médico-espiritual, vá lá. Talvez Marta se sentisse a ponto de cumprir uma missão comigo. Talvez não me fosse mais possível escapar. E nisso caiu-me uma vertigem brusca, que me obrigou a me apoiar no tronco de um coqueiro, e que me obrigou a vomitar.

Sentei-me encostado no tronco. O mar em repouso, viva luz na superfície. Fiquei ali sentado por horas. Meio entorpecido mas já aliviado. Estava bem assim como estava. Não me faltava nada. Sentia uma fome que não me levava a procurar a saciedade. Tudo permanecia ali, em estado perfeito, sem que nada conduzisse a seu estágio posterior. Haveria ainda algum tempo de sol. Era o dia mais bonito que já vira, sim, livre das amarras invisíveis, como solto no ar. Algumas poucas nuvens, não, não, descrevê-lo seria um crime. Ele não se deixava ilustrar. Pulsava candidamente em sua conformação radiosa, candidamente falei, sim, não esperando qualquer retorno, permanência.

Uma baleeira ou outra deslizava pelas águas com seus passageiros. O espírito do dia, o escondido do qual já devo ter falado na mesmice do meu raciocínio, aquilo que alguns poetas procuram e ao não encontrar vertem-se em versos, é, que eu diga mais uma vez, ó audição volátil que me assiste!, que eu diga então: o espírito do dia já não precisava vazar nos frutos do sol, ele dormia profundamente no ventre de tudo, sem volta. Eu encostaria na face de cada coisa, sem mistério. Não, as coisas ali naquela praia ensolarada não eram cofres de diáfanas especiarias. Inebriado daquela claridade eu encostava nos poros a pegar fogo de cada relevo ou reentrância e eu próprio estava assim, quente. Somente isso: quente era o centro da satisfação e quente suas ramificações, por mais esparsas e passageiras que se mostrassem. Quente... O lar é quente, e eu estava no lar. Mesmo sem a minha filha e o meu neto, eu estava no lar. Como um filho pródigo, eu voltara. E enfim pronto para ir. Para onde? Para onde as águas me quisessem.

Uma gaivota planava.

Tirei a camisa novamente. Um besouro graúdo pousou no meu ombro. Agora eu não falaria mais. Agora eu pensaria menos ainda. Agora a matéria que me constituía conheceria a sua pobreza extrema, o seu pendor. Tirei a calça. Só de cueca voltei a me sentar.

O turvo momento foi chegando, de leve, e eu me afoguei perdidamente numa espécie de mar.

Quando acordei, a tarde transbordava-se para além da ilha, para outro mar. Eu fora longe, aqui, bem perto. Um papel de bala esvoaçava a meus pés. Senti meu organismo aclarado. Cheguei a encostar a mão nele. Era na altura da barriga, estava quente, um quente que nunca pudera perceber antes no meu próprio corpo, um quente desligado da febre, um quente que te afinava ao tom da claridade e tudo.

Sobrevinha uma brisa, mas ela não apagava esse calor; antes, era uma extração desse mesmo calor, a soberba fera revestida em seda.

Que sede!, exclamei para saber se minha voz continuava a aflorar de dentro de mim. E me levantei e fui para o mar. Marolas, marolas, cantei. E senti a água fresca nos pés. Marolas, marolas, repeti vários tons acima. Marolas, marolas, vinde a mim, emendei. Céu, veludo, banho. Eu era um novo Adão, inaugurava a espécie. O sol baixava, o mundo me acolhia.

E me lembrei novamente de voltar, ou melhor, de seguir. Voltar, seguir... para onde?... tudo apenas uma canção que eu fabricava e que as próximas horas se encarregariam de varrer dos meus miolos. E me virei para as terras da ilha, e vi lá nos coqueirais um corpo se esgueirando entre as sombras do crepúsculo: minúsculas corridas, um repentino esconder-se.

E comecei a caminhar só de cueca mesmo em direção àquele vulto escorregadio no meio dos coqueiros, e quando cheguei perto ali dentro desse bosque da praia eu gritei para o vulto parar, agora!, que eu ia tirar a limpo quem era esse corpo fugidio no reino da penumbra, quem era sim e já. Toquei no corpo parado ali na minha frente entre os coqueiros, e ele estava tão quente quanto eu, e ele tocou no meu corpo e sentiu o calor tenho certeza, e eu tornei a encostar no corpo dele.

Subimos até a rua. De noite o hospital tinha uma imponência rara para os padrões da ilha.

No outro lado um ponto de ônibus. Atravessamos a rua. Um ônibus parou. O ônibus se chamava Continente do Sul. O garoto do sono subiu no ônibus. Eu também. Sentamos no último banco.

O ônibus passou pela ponte. No lado do continente pegou uma via expressa margeando o mar.

Um dia eu saberia se o garoto do sono era mesmo mudo. E surdo. Saberia enfim se era o pai do meu possível neto ou não. Por enquanto ele olhava, pela janela do ônibus, a noite marítima.

Horas depois o ônibus parou. Tirando nós dois do sono. Onde estamos?, falei. O garoto do sono bocejou. E me olhou sorrindo. Pois é, falei: chegamos.

Foram tempos em que aprendi a pescar numa costa de mar grosso, no sul bravio do país. Às vezes com as mãos. Quem me ensinou não foi o garoto do sono. Foi um velho todo amorenado, de feições largas, que vivia com a gente numa tapera na mata que se insinuava pelas praias. Este velho estava ficando surdo, já era quase cego. Mas ele me ensinava a pescar, me incentivou a me render à idéia de pescar aveiros com as mãos.

O garoto do sono quase não levantava mais. Pouco comia, apenas algumas vezes das tantas em que eu e o velho lhe levávamos de comer.

Nunca mais soube de Marta e de Ariel.

Eu e o velho costumávamos cantar junto ao corpo emborcado do menino do sono. Que realmente nunca falou, pelo menos em minha presença. Acho que de fato era surdo. Se era o pai do meu neto? Não havia nada que se pudesse saber daquele personagem, além de que estava fraco, muito, e que em certos momentos do dia, sobretudo ao entardecer, parecia reanimar-se um pouco e vinha à tona: sentava-se, olhava para as mãos como se não as reconhecesse, com freqüência ia ao mar, e desses banhos voltava olhando não para mim nem para o velho mas para cima, para o céu. Depois tornava a se estender nas cercanias da tapera, tomando fresco. Às vezes era o velho, às vezes eu que levava para ele alguma coisa como peixe ou bananas ou amoras. Às vezes aceitava, às vezes cobria a boca com o dorso da mão, evitando contato por exemplo com o camarão que trazíamos de certas incursões noturnas pelo mar.

Certeza mesmo eu tinha poucas, para não dizer, de bom grado, nenhuma. Um pingo ou outro eu e o velho falávamos. Gostávamos de cantar. Era comum, como já disse, cantarmos junto ao corpo penitente do garoto. Cantávamos velhas melodias. Geralmente tão tristes essas canções e hinos, que quando terminávamos nos abraçávamos, eu e o velho, sobre o corpo penitente do garoto do sono.

Até que no fim de uma tarde ouvimos uma rajada de balas ali por perto. Eu e o velho fomos à procura do ocorrido. O garoto apenas virou-se para acompanhar um pouco nossos passos.

Encontramos o corpo de uma criança cravejado de balas. Era um menino, de cinco, seis anos. Aproximamo-nos: os olhos assombrados não se mexiam, nada ali respondia aos nossos estímulos, como toques, sopros, chamamentos. Eu e o velho nos perguntamos o que fazer. Enquanto esperávamos decidir começou a cair um aguaceiro. Aquelas chuvas abruptas e intensas dos finais de tarde.

Com a chuva o sangue em coagulação da criança entrou a derreter-se, banhando-a de um vermelho vivíssimo, delirante.

O velho então pôs-se a cantar. Eu o segui. Cantamos o hino das larvas tropicais, aquele que diz que a funesta hora receberá a visita do ser infalível a despontar das escuras entranhas da floresta.

Ali ficamos a cantar esse hino por uma longa temporada. Quando acordamos do canto percebemos que a criança assassinada já era só ossos.

E o garoto do sono?, perguntei a mim mesmo. E fui procurá-lo, muito, por todos os lugares. Em vão.

Quando voltei para a mata, a tapera estava destruída. De seus escombros saía um cachorro-do-mato, meio mal-encarado mas que não me fez mal.

E o velho?, pensei. Fui atrás dele cheio de um repentino entusiasmo.

Encontrei-o lívido, caído sobre os restos da criança assassinada.

Passei as mãos por seus cabelos brancos, e os fios de cabelo se desprenderam de seu couro cabeludo.

E o garoto mudo?, perguntei a uma faixa de luz que se infiltrava por entre as folhas da mata. O garoto mudo desaparecera sem deixar rastros. Nada mais do que essa cristalina constatação. Talvez tenha desenvolvido o faro para achar a sua toca.

Tive a visão dele varrendo umas bobagens ao redor do Nova Ilha. De repente nossos olhos se encontraram, quando então fechei os meus; ao abri-los novamente, o garoto do sono não estava mais ali. Sem deixar rastros, repeti.

Peguei os parcos fios de cabelo do velho e tentei ajeitá-los sobre a minha cabeça. Eu não tinha espelho, não podia me ver.

Saí da mata segurando os minguados cabelos sobre minha quase calva. Dei não na praia mas na estrada que levava ao fim do continente, quase na extremidade sul do planeta, na divisa com nada. Vi uma tripa de vários ônibus estropiados, lentos, parecendo viver uma excursão difícil, quase aniquilada.

Fiz sinal. Um desses ônibus parou. Subi. Lá dentro havia pessoas por certo de uma população indígena, com agasalhos puídos, rasgados.

Soube por um jovem índio, que falava bem a minha língua, que essas populações se dirigiam quase como peregrinos para o fim do mundo, região avançada que descobriram ser para as ermas bandas de lá — e o rapaz apontou para o sul.

Passamos dias e dias juntos dentro do ônibus, eu e esses índios. Às vezes uma criança ou outra chorava. Velhos gemiam. Índias amamentavam adormecidas.

Eu não largava os cabelos brancos do velho nem para dormir. Apertava-os contra meu couro cabeludo, como se querendo enterrar suas raízes dentro de mim.

Aos poucos fiquei sabendo por esse jovem intérprete da língua indígena que os viajantes estavam à procura de um velho.

De um velho que faltava e, se encontrado, poderia restituir a honra perdida, a face orgulhosa da raça.

Esta imagem só se personificaria no velho que procuravam, um velho que, quase esmaecido pelo cansaço de andar pelo mundo, pudesse agora parar e se restaurar com os olhos erguidos sobre a humilhação da tribo. Triunfar, triunfar — o jovem índio repetiu, como se ordenhasse do seu jejum.

Os meus dedos estremeceram pressionando os parcos fios de cabelo branco contra o meu couro cabeludo.

O ônibus parou.

Eu e o jovem índio urinávamos agora lado a lado no banheiro do restaurante de beira de estrada. Diante dos nossos olhos havia a inscrição na parede com uma palavra cuja pronúncia musical o jovem índio me repetia duas, três vezes, pois era sim uma palavra em sua língua tribal.

"O que quer dizer?", perguntei.

"Quer dizer orar", ele respondeu.

Na frente do espelho arrumei disfarçadamente os cabelos brancos sobre minha cabeça. O ridículo estava lançado, não poderia recuar.

No ônibus os índios começaram a dizer uma espécie de oração. Uma fala monocórdia, hipnótica, infinita. O rapaz ia me traduzindo. A prece acreditava que da prece nascia o vento, a chuva, os trovões, os relâmpagos, os raios. Da prece nascia o sol. Enfim, tudo o que nos sustentava.

"Quanto tempo ainda temos de viagem?", perguntei.

"Esta viagem não acaba", ele respondeu.

E resolvi encostar a cabeça no seu ombro. E dormir, já que aquela viagem não teria fim.

Quando acordei estava sentado numa pedra, no centro de um grande vale. O ar gelado. Sim, parecia ser o extremo sul do continente. Sobre mim um manto de pele de algum animal exuberante.

Eu estava sozinho naquela imensidão.

Mas lá do horizonte profundo começou a se aproximar uma figura que algum tempo depois percebi ser a do meu jovem amigo índio. Atrás dele, pouco a pouco, foram surgindo legiões e legiões de índios.

Eles se aproximavam, se aproximavam tão lentamente que o corpo do dia dava a impressão de avançar como um réptil sobre o grande vale.

De súbito entrou a ventar, desesperadamente. As raras árvores da região pareciam guarda-chuvas com suas varetas reviradas e iradas contra o céu.

Eu continuava retendo os cabelos brancos contra o meu cérebro.

Mas houve um descuido. E eles voaram, voaram para longe, muito longe. Quando pensei em correr para tentar recuperá-los, notei que as minhas pernas não obedeciam mais ao meu comando. Eu estava paralítico da cintura para baixo.

Sim, eu deveria estar transmitindo a impressão de ser uma figura além da vida, exultante em sua alma divinizada, mas, enfim, paralítica.

E agora sem a minha cultivada herança, os cabelos brancos do velho.

Os índios, capitaneados pelo jovem, continuavam vindo em minha direção.

Aqui é o meu último pouso, concluí.

E a parte superior do meu corpo pareceu também se paralisar.

É... como uma pedra, uma esfinge no deserto, senti o vento encontrar na minha pele um duro contentor, uma alma à altura de sua força.

Os índios, capitaneados pelo jovem, tinham sua marcha cada vez mais próxima.

Sim, eu era uma pedra, uma esfinge no deserto... o vento se transformava pouco a pouco numa calmaria agora a se perder de vista, quase lunar...